現代散文7

下雨何必帶傘

明德不新 著

博客思出版社

日落以後就帶來明天的智慧；
很久以前就有了今日的雛型。

或許，該早一點安排自己一生的，
或許，世間真有輪迴，命運老早就已經決定。
但，
總死命地要掙脫束縛，總想要衝出某些窠臼，
即使長路漫漫、風雨交加、悲與喜夾雜，
內心一直在吶喊著，依著亮光，循著鼓聲前進。
於是，從不知所措、從千里迷霧中走了出來。
我想像生命似一首歌，
如今我將其串聯成頁、寫成書。
願回憶是一種戀懷之外的力量，
引導著我繼續向前。

急湍之下，必有深潭；
聳立的高峰，必有險峻峽谷。
起伏坎坷的落差、曲折蜿蜒的旅途，
才是絕美風景。

如果空間是石，我願是水；
在急流激盪裡幻化濤聲，帶著優雅。
如果時間是水，我願是石；
於千古磨難中傲然屹立，顯得磊落。

生命的美感，在於轉折與衝突，
在轉折中成長，於衝突中圓融了。
不管憂傷與喜悅，都會忍不住流眼淚！
難以忘懷的經歷、多愁善感的想法，
化為文字、寫成篇章，願與分享！

～明德不新～

目錄

下雨，何必帶傘！

如果傘遮得了雨水，卻遮不了許久的悶氣，何必帶傘？
如果傘遮得了悶氣，卻損了志氣，何必帶傘？
下雨我不用帶傘，漫步雨中瀟灑詩意，即使全身濕透，
我只尋求難得的清醒！

（明德一九八六）

心境是極其複雜的，一直搞不清楚究竟是討厭抑或是喜歡，在下雨天！

不喜歡帶傘，除了覺得那是個累贅，有時候甚至會鄙視自己在傘底下的懦弱，該逞強並假裝自己夠瀟灑與勇敢。另一種形式的逆來順受，像山崖邊不退縮的野薑花與河岸迎風面的蘆葦草，風雨中展現出生命該有的節奏，雨後依舊搖曳生姿、傲然挺立！

曾經，細雨中開始了初戀，那綿綿的雨是甜蜜與思念，苦樂糾纏、純情夢幻……。結束的時候同樣在雨天，從學思園到西安街，雨水化成

了千枝萬枝的銳箭，箭箭穿心，柔腸寸斷。雨水從髮梢迷濛了眼，滲入肺腑，那一夜沒有半點撫慰的星光，不見一絲憐憫的月色。隔日期中考有機化學幾乎繳了白卷，出了考場仍是惱人的雨天，我面無表情、態度從容地濺水而行……。下雨，何必帶傘！

曾經，承受萬般挫折選擇並期望用雨滴敲醒懵懂的自己，看著大雨在西屯路上擊出了煙塵，遂成千百條的泥河，思索那成長的代價、生命的意義。雨是濟然墜下的是非恩怨，我於狂風中吶喊；雨是翩然飄落的愛恨情仇，我在驟雨裡傲嘯。全身濕透，多少次癡癡等待雨停，等待雨後的清新，等待遠山的翠綠，雨夜中我渴望那天明，渴望沖刷去昨日的愚昧，渴望雨後得以蛻變重生……。下雨，何必帶傘！

學校操場上人聲鼎沸搖旗吶喊，像兩軍遭遇，一場生死決鬥，拔河爭冠賽同樣遇上機械系世仇，前一年他們斷了我們紡織系的九連霸。生聚教訓這次師生到齊，連畢業學長都回來加油掌旗，重心放低、手肘夾緊、雙腳蹬地、跟隨著節奏用力，第一二回合打成了平手，筋疲力竭地將進行最後決戰。這時候下雨了，槍響之後雙方陷入了拉距，大家力量用盡汗水與雨水夾雜，幾次集體的加油聲重整，即使要多拉過一公分都很困難。掌旗學長再放慢節奏，嘶喊著：「目前贏十五公分，紡織系英勇的戰士們頂住，用—生—命—頂—住！」「殺！」永遠記得曾經我們團結一致，在雨中用生命頂住那最後的四十五秒。勝利的那一刻近乎虛脫平躺地上，飄落的雨絲伴隨著歡呼，輕擊臉龐掩飾了淚水，不帶勁但充滿著感動與喜悅！

另一個雨天，我騎著機車撞上急彎的貨車，翻飛十幾公尺落到路旁溝邊的草地，領悟生命其實一直危在旦夕，雨的冰冷讓我知覺一息尚存仍在人間，回到家全身泥濘狀極狼狽地跪在雙親面前⋯⋯。

軍中演習，在旅長指揮下我在作戰圖上畫出了突擊線，量了距離算了時間，部隊必須急行軍，下雨不會有傘，看見了踉蹌的身影，看見了群體的意志，看見了累癱的排排士兵仰睡民宅屋簷下，任著雨滴落在胸前。那夜我在雨中佇立，願為他們守護！

下雨，何必帶傘！二〇〇六年九月十五日，鼓起勇氣第一次走上街頭，匯入了滾滾的紅流，那雨在路燈下人潮中映成了淡淡的血紅色。始終相信雨在墜落的過程中一定蘊含或者攜帶某種的能量，也許無法改變什麼，而也許⋯⋯早已經悄悄改變！

今日，又是雨天，總容易讓人回憶起許多往事，那曾經刻骨銘心、雨中不帶傘的陳年往事……。那塵封的記憶，隨飄落的雨絲翻攪著複雜思緒，伴著滴答的雨聲，竟逐漸又清晰了起來！

選擇最難

有一個人，墜下了懸崖，心想自己沒命了，慌亂中抓住了崖壁突出的樹枝，從滾落的碎石下望竟是萬丈深淵。使勁地緊緊握著保命的樹枝，心想上帝快來救我啊！這時上帝真的出現了，他在驚慌中趕緊懇求：「感激上帝，快點救我！」上帝說：「可是我在救你之前，你必須先把雙手放掉！」……到底要相信自己還是上帝？或者該懷疑那是不是真的上帝？

有時候甚至希望，自己可不可以就是那上帝！

這是以前學生時代用來激盪深思的問題，很難有答案，人生的課題裡……選擇最難！

而偏偏人生就是一連串的選擇且無可迴避，大至選擇志願、興趣、學校、工作、婚姻、居住、投資……，小至要不要開車、願不願意參加Party、穿西裝還是休閒外套、買東西平價還是高級、午餐吃飯或吃麵……。有時選擇無關痛癢，有時則像棋局或兩軍交戰動見觀瞻。向左轉向右轉不同的世界，快一點慢一點完全不同的結果。選擇防守或出擊，沉潛或挑戰，這與上述問題一樣沒有答案！或者說以後才會知道。

智慧可以明確選擇，而選擇可以磨練智慧。放棄與不願選擇叫消極，有點屈服於命運隨波逐流，有智慧與理性的選擇則稱為專業判斷，但卻又過於主觀武斷！有時傻人有傻福，有時自認聰明也被聰明誤！選擇沒有絕對，現在對了可能過了一段時間發現又錯了；現在錯了說不定若干年後因禍得福。「如果」與「早知道」是弟弟，永遠出生在選擇之後，而選擇後只有接受與調整，不能抗議。有點像小時候玩走迷宮，選擇了可不能後悔！又像大富翁遊戲中的機會與命運，輸贏不得翻臉。

過了十字路，只能向前走！這就是人生，切記：「選你所愛，愛你所選！」

不新

不新是舊，舊可以知新，
　或惕勵、或感恩，力起基業。
不新是更新，更新可以破舊，
　或興革、或創造，體現永恆。
不新是布心，布心可以納福，
　或自持、或廣被，新舊始終如一。

明德　May 12, 1995

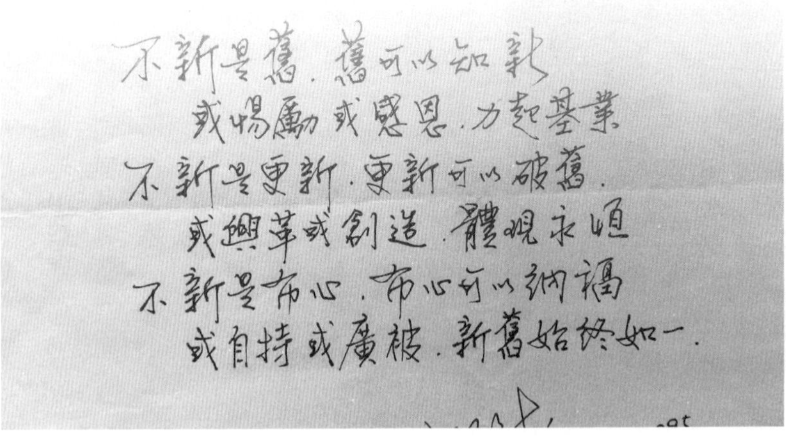

不新是舊．舊可以知新
　或惕勵或感恩．力起基業
不新是更新．更新可以破舊．
　或興革或創造．體現永恆
不新是布心．布心可以納福
　或自持或廣被．新舊始終如一．

埔里觀雨

山雨落，濁水急，白鷺低飛無處雙棲；雷起，振翅疾翔越過橫逆。人生一本如幻如霧，偶有亂石崩雲，莫忘卻人間虹彩；積善緣，蓄才華，沉著觀變，逐塵世，也歸天宇！

——浪軒 Jul.31,1988 寫於埔里愛蘭醒靈寺

埔里很美，真的很美，美到不可言喻，無懈可擊！美到徹人心扉，一股不忍須臾離，好似天長地久海誓山盟般的感動！

一個台灣地理最中心的山城，何其有幸，曾經我用一年八個月軍旅細細領略她的美。最難忘懷醒靈寺的日出及夕照，在烏溪的懸崖邊俯瞰那穿梭過愛蘭橋的潺潺流水，靜坐詩意般的赭紅色涼亭遙想那大江東去浪淘盡千古風流人物。小營區正好扼住進出埔里的咽喉，四周迷彩堆石磊磊綠樹環繞，中間的集合場綠草如茵，彈藥庫旁制高點遠眺常冥想赤壁懷古，也

許對面遙望的牛耳山駐守著周瑜兵馬；軍營內或陽光普照秣馬厲兵，或雲霧裊繞正軍圖推演，恰像計謀如何巧唱空城智借東風。連跑五千公尺都是一種享受，可以直入埔里鄉間綠野，像一條人龍鐵騎，沿途山水如畫，感覺腳步格外輕盈，以溫吞的吐息履歷四季不經心的美麗！

想念眉溪，在那似乎再也沒有人找得到的美麗溪谷練習射擊；想念鯉魚潭、靈巖山、地理中心碑，想念埔里人的純樸，一種天地間僅存的與世無爭，連埔里的街道都有著濃濃的人文氣息！喜歡靜坐埔里高中校門邊，或喜歡駐足山腳下的阿芳小吃店，興致來了喝上兩杯埔里紹興……！最特別是埔里的雨，直直的，像個任性的下凡美人，有時柔柔的深情款款；又有時重重的豪放肆意。喜歡「帶酒衝山雨」的不拘，喜歡「行到水窮處，坐看雲起時」的心靈自我釋放，正所謂：「鳶飛戾天者，望峰息心；經綸世務者，窺谷忘返。」

退伍後，在埔里的生活點滴與山水畫面映成了我心中最美好的回憶！

想不到幾年後給我的畫面竟是醒靈寺傾頹半毀，旁邊的埔里基督教醫院人滿為患，小營區成難民收容所，幾天後那綠草如茵的集合場排滿了等待辨認的屍體，每一雙純樸深邃的眼都是淚水，震撼與悸動，我心碎了……。一九九九年的九二一大地震，真想問蒼天：我該臣服、泣訴、讚嘆與敬畏的到底是大自然？抑或是世間的無常？

二十年了，到日月潭、霧社、清境、奧萬大、合歡山，經過卻不曾停留埔里，愛她卻是每每近鄉情怯。我真的害怕，尤其是那二十年歲月的改變，怕朝思暮想的秀麗山川變了顏色，怕深情愛戀的熟悉景物改了容顏……！

想再次埔里觀雨，或許有一天我將鼓起勇氣，並用一種稀鬆平常、泰然自若的心情。像面對離散已久而再度相逢的戀人，像這許多年來走過的困頓與喜悅交雜的人生！如那席慕蓉的詩句：「我如何捨得與你重逢，當只有在你心中仍深藏著的我的青春，還正如水般澄澈，山般蔥蘢。」或者，恰如從前在驟雨中的醒靈寺曾經寫下的詩句……「積善緣，蓄才華，沉著觀變，逐塵世，也歸天宇！」

明德 Jan.28,2008

反觀

反觀是一種智慧，一種思想的成熟與增長。

你可曾在寒氣襲人的寂靜深夜，隨著反覆不斷的古老鐘聲，一滴一滴地數落著連日下來的喜、怒、哀、樂？是欣見老友的愉悅，是挨上司釘子的怨怒；是憐憫鄰叟期盼家書的哀愁，是舞後狂歡的爽朗；是細似輕絲渺似波的依依脈脈……？你可曾在一場喧囂謾罵的爭吵過後，抽絲剝繭地檢討整個事情的來龍去脈，甚而為自己先前的無理取鬧而感到靦腆羞愧？

你可曾在一句無心的中傷之語過後，懊惱自己的口不擇言，悔恨自己總要在事件發生之後才驚覺茲事體大？基於良知的譴責，你也是否為那「片甲不留」、「體無完膚」的慘烈中傷與被中傷而錐心刺骨、苦澀不堪呢？

你可曾面對鏡中的另一個我，知無不言、言無不盡地傾洩心中所感、所想、所愛、所恨？你可曾毅然地跳出那僵固執著的自我藩籬，讓那第二個我儼如青天大老爺般的，手持著靈台明鏡，澈照你的一切一切？

你可曾體悟先哲「不識廬山真面目，只緣身在此山中」的洞見？在孜孜矻矻的人生道路上，你是否也會頻頻回首，到底應該要站在那一個高度看待自己？或試圖從一個明晰的角度反觀一層層業已淨化、沉澱了的情緒？

如果你會，表示你已成長；你便已踏上了智慧之路。

思念與感恩

——寫給我最敬愛的　林馥嬅老師

如果生命像旅程，那前途就是一班班的列車，原來是老師早就買好了預售票，才會把知識硬塞入我們的行囊，句句叮嚀聲聲催促且深怕來不及地……趕著我們上車！

驀然發覺，年幼時有些體會不到且老師怎麼教都學不會的，在起起伏伏二三十年後，才終於明瞭……是老師將我人生拉出了高度，讓我有不同的視野！

多少個沁涼的清晨，東方只那麼一點點的白，永遠帶著些許不情願，書包裡背著昨日的懊悔；記了又忘的英文單字，暈頭轉向的數學難題，一下子理化、一會兒史地，外加生物、公民、健康教育……考不完的試，寫不完的測驗卷與參考書～

難忘大西部圓帽下每一個青澀純真的面容，難忘夾在雙腿間紅通通的掌心多麼疼痛，難忘大太陽底下朝會時，短褲下的腿腹一條條的鞭痕……有時想想，要讓一個人成長進步頓悟清醒，還真的需要非常的手段，外加極大的能量！

懷念黃昏放風時，校門口旁邊的羊角麵包店與斜對面的陽春麵，口袋裡的十塊錢好像是一整天的支撐與慰藉。即使是冬天最寒冷的夜裡，風聲雨聲讀書聲夾雜，竟有如此良師不求報償地燃燒自己換得教室裡燈火通明，老師在黑板上磨蝕的，豈止是粉筆，還有青春啊……

總要逆著強勁的北風回家，昏星暗月如我對前途的徬徨疑惑，一路上木麻黃嘎嘎作響，樹頭掛著死貓的楊柳飄飄，腳踏車滿載疲憊，我弓腰使勁，踏板沉重！

記得教室後面掛滿了紅色的榮譽旗幟，記得畫大字報幫謝錫輝競選模範生，還深入女生班大樓拉票。記得全校唯一男生班合唱進決賽，卻因為我緊張指揮太快而敗北，記得曾經與鄭炎東計劃著如何趁著西邊操場倒垃圾時與放牛班械鬥。記得八卦山露營，記得老師帶我們遊過墾丁、澄清湖、蓮池潭，記得我們全班五十人，聯考四十九人上第一志願！

時光荏苒近三十年，仍然時常在夢境及腦海中浮現！有些不復記憶，像老師點名簿上的註記與成績單上的評語；有些則像是烙印，抹煞不去的尷尬、難堪、榮耀與光彩！

而後來……

得知您腰椎受傷不能久站，離開了和美國中，經過彰化令尊的婦產科也已拆除重建變成超商，內心想念，只是真的很慚愧疏於聯絡！

終於經林逸民得知老師您在美國西雅圖的訊息，年初能與老師通話很感動，最近才聯絡上吳俊輝取得老師的E-mail，想要向老師問好！

真的非常感謝老師，尤其在這教師節的前夕。

我常想，如果國中與高中階段做個對調，或許人生會更不一樣；但是又想，國中沒有了老師您的提攜及一切被動，也許就什麼都不是了！問題在高中失去了牽引，國中的初速度，竟在高中失去動力與方向。誠實的報告老師，一陣子不敢見老師是因為高中有點混，大學沒考好，無顏見恩師啊！

有點推卸責任，但其實很多同學都跟我一樣。曾經半開玩笑跟蔡武益說：「六十歲以後想到崑崙山！那裡神仙多！」很難再有那股豪氣，一如石頭記：「無石補天，枉入紅塵！」不會是那種十八歲的年紀，指著天說：「不顯龍種本色，潮水就永不回頭！」無奈「醉臥沙場君莫笑，古來征戰幾人回」，浪潮也自來去，時間怎麼不知不覺就這樣過了！

已不需要神話與謎底，不再自欺欺人，只想告訴老師：我很好！很平凡！很快樂！很幸運也很幸福！二十幾年來弄不出什麼成就，但人生活來精彩且處處驚奇，難關雖多，但卻也都能一一安然度過。

是老師將我人生拉出了高度，讓我有不同的視野！否則我不會相信自己有什麼樣的潛力，足以面對什麼樣的問題。是老師讓一個不知天高地厚的鄉下窮人家的小孩豐富了生命，至少從此明白自我的份量與輕重！

老師！謝謝您！

恭祝

健康　平安　幸福　如意！

學生 黃明德 敬上 Sep. 13，2007

林務局墾丁森

突圍

如果拿破崙覺得阿爾卑斯山太高，
就不會執意攀越跨過；
如果海倫凱勒認為盲聾殘疾太苦，
就無法彰顯其生命光彩。

挫折不是失敗，堅忍並非軟弱，
上天關了一道門，必然會為你再開一扇窗。
擦乾眼淚，
要學會從潰散中很快重整旗鼓，
並誓言永不放棄！
障礙阻撓會砥礪堅定自我的信念，
逆境中更要激發出潛能鬥志。

此刻，
或許舉步維艱，或許困身涉險難以突圍；
可千萬別心灰意冷致懷憂喪志⋯⋯。
處慌亂更須冷靜面對、用智慧化解，

那一年
雙騎並馳
在高原。
橋旁柳蔭
繫馬。
酒肆樓頭
買醉。
鞭指窗外
揚起的
塵土。
且看昏鴉

務必相信自己，
唯有自己才是命運的主宰。
春天來臨前會格外寒冷，黎明破曉前最是晦暗。
凡辛勤耕耘必不辜負，要堅信美夢終會成真，
一定會春暖花開，必然是璀璨前程！

生命的可貴——在起伏，
在秉善堅持、在圓融智慧、在自強不息、在提昇超越；
生命的美——在轉彎處，
在異軍突起、在否極泰來、在柳暗花明、在絕處逢生。
世事多變、江湖險惡，只願是那不倒的千敗劍客……。
我的前面　沒有道路，
我的後面……，道路——自然形成！

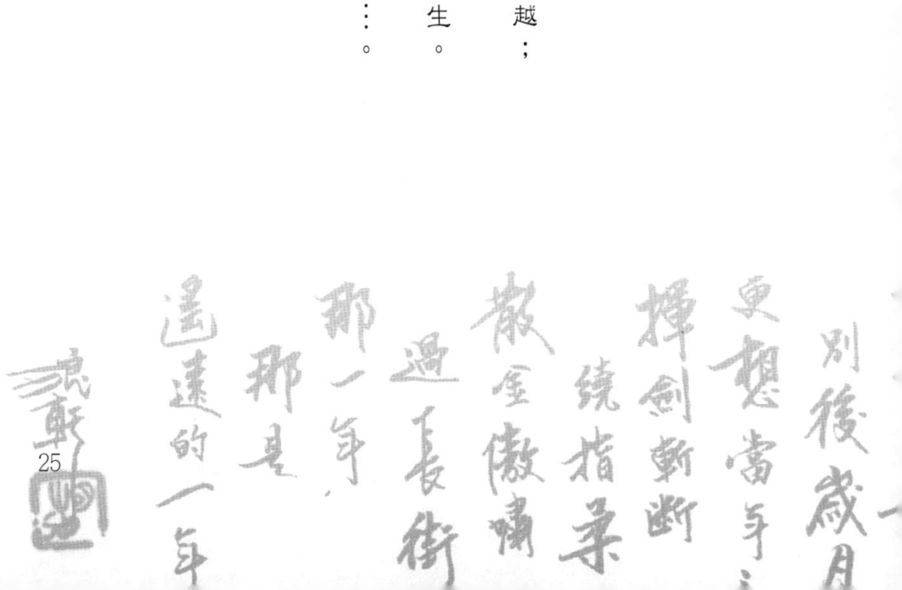

節自 遠離東那漢子

人生無捷徑

有人非常羨慕富豪人家的貴賓狗，總是既慵懶又幸福地依偎在時髦美女的胸懷，連洗個澡還要上寵物美容院，比生於非洲饑荒的人類好上千百倍。正所謂：「寧為太平犬，勿當亂世人。」

這是極為諷刺的，好似窮人不如有錢人家的狗。空氣中滿佈冷冷的現實，在許多人的眼中，三輩子的努力真不如幸運中一次樂透。金錢與物質的衡量，讓人們陷入歇斯底里的恐怖爭奪，非贏即輸、非強即弱，我們的的確確墮落沉淪、徬徨迷失了。

這是個扭曲的社會，也是個紛亂的世界。許多人不播種，懶得耕耘，但都想不勞而獲。

妄想成為明星，拍個賣座片、辦個演唱會，輕鬆入袋幾千萬；最好當職業傑出運動員，像高爾夫球的老虎伍茲、網球費得勒、籃球喬登、棒球 A-Rod ；最好有幾幢房子，當收租公或收租婆；工作都想當董事長，沒聽過立志做負責任的好員工；政府公僕只求高官厚祿，旨不在為民服務；軍警所圖安逸穩定平安退休，志不在衛國保家；每一個人都想學管理，但最好不要進工廠；許多人花費心思投資，夢想倍增的財富，希望輕易獲利不用吃苦……。

只可惜往往事與願違、以上皆非！每個清晨醒來煩勞匆忙，簡便早餐、接送小孩、隨後趕著工作上班，公車站牌旁、捷運列車裡、車陣喇叭聲中，紅綠燈下不耐煩等待、斑馬線上綿密穿梭的，乃至於置身冷冽寒風、酷熱豔陽，芸芸所見全都是勞碌的命。

夢想沒什麼不對或不好，只是每一個夢想都機關四伏、層層設限。任何成功都不容易，也似無捷徑，不會莫名從天上掉下來，皆有其條件，正所謂：「天時、地利、人和」。世間絕美的甘甜，大部份都是從生命苦厄中提煉層析，耀眼的人物背後必然有不為人知的辛苦歷程。凡事必須經過現實的砥礪與努力的實踐，盈科漸進、水到渠成。

像中樂透般突如其來的僥倖，到底是福是禍猶未可知？貪婪的本身，是不是另一種貧窮？

不用羨慕別人所擁有，也不必惋惜自己所無法擁有。這社會難以妥協，但會平衡；這世界難以公平，但會合理。我們永遠「比上不足，比下有餘」，不用羨慕出身富豪的人，該慶幸自己好在不是非洲饑荒的狗。

記得好久以前曾看過一篇短文，有一個青年充滿疑惑寫信問牧師：「從事哪一種行業最容易？」牧師回覆：「年輕人，你不適合當老闆，不能當編輯，不要去學法律，最好不想做牧師。不要出海去經商，不宜從政，千萬別行醫，不能做研究、搞開發。不必學管理，勿計算工程，絕對不可進工廠，無法從事捕魚，更不要去種田、當兵、或考公務人員。最好是什麼都不要學，也不要動腦筋。很抱歉真的礙難如願，因為你所誕生的世界凡事都艱鉅，這一切都不簡單。我實在想不出任何一個地方可以最容易打發日子，除了墳墓。」

欲到達人生的理想地，
條條道路通羅馬，
但就是沒有捷徑！

乘風破浪

爬山

我住山邊，卻不常爬山。

偶爾會想要爬山，若不是興之所至、心血來潮，那肯定是徬徨失措、挫折無助。但是總覺得只要自己願意，有勇氣跨上那登山口的第一道階梯，就是一條好漢。

象山，海拔區區一八三公尺。可以花兩個小時仔細瀏覽，也能半小時衝刺來回。只是往往會想到去爬山，都有點宣誓的味道，像是下定某種決心，好強化自我的意志。每一公尺的推進，都像對自我的期許，每一個抬腿有時帶給我反省思索。拾級而上沿梯而下，有股激發而出的熱氣推向腦門，汗水從臉頰涔涔而下，那短短似人生的階梯山徑，到底要用怎麼樣的節奏才能穩健調息；到底要用怎麼樣的步伐才能夠一鼓作氣。該用怎樣的眼界來欣賞風景，對於每天風雨無阻的登山客一定存在什麼樣的樂趣或者吸引力；而最耐人尋味的，是這上下之間我應該選擇用怎麼樣的心情來調適。

為減肥而爬山，是對體重宣戰，久不運動因此腳步沉重，總噓喘著蹣跚而上，下山時顫抖著雙腿，有點酥麻不聽使喚；爬山一次腿酸三天，體力差的在半山腰就全身虛脫、滿臉通紅。砥礪鍛鍊的時候爬山，是對年紀宣戰，率性豪邁、健步如飛兩階作一步，可以左右迂迴小跑步下山。困苦無助的時候爬山，是對命運宣戰，腳步紊亂、六神無主，最好停頓休息個幾次整頓思緒才上山頂。

常爬山，不疾不徐、心平氣和，認識的同好會親切地招呼；不常爬山，專心致志、呼吸窘促，只見一味拚命逞強趕路。

喜歡高高在上的感覺，整個台北盆地瞬間在腳下，山上樹林間的空氣對應山底下隆隆作響的都市繁忙喧囂，自身彷彿從紅塵凡間抽離了出來。冀望日出期待朝陽，即使鬱悶難解、雲霧不散，那穿層而透的光亮仍會帶來清新的思考，給人積極奮發的力量。有時候處世的觀點拉近放遠，可以讓自己更深一層學習堅持與豁達。

偶爾也會嘗試走不同的山徑，像不同的角度看世界，探險般而有不一樣的體驗。山上可見許多人拉筋晨操閒聊，山崖平台有位唐裝大叔面對台北 101 舞動太極，構成一幅絕佳的圖案；另位老兄喜歡在六巨石上遠眺放聲吶喊，他說這樣可以將情緒舒壓解放。而我只想將沉積酸臭的汗水從週身的毛細孔逼出，深切期望走下山的會是一個全然不一樣的自己。

上山需要穩健的勁道，下山需要協調全身的負荷。在山徑中清楚體會山的斜度與自己的高度，有時不禁思索並置換成現實的難度與對生命的態度。

昨夜輾轉難眠，今日起個大早又去爬山，再次體會那人生坎坷般的蜿蜒山階……。

上山與下山，人生百態，迴異的心情，其實各有不同的境界。在高低落差之間，希望可以尋索進退取捨的無上智慧。

強過人，方可出頭；不如人，務必埋頭。

上山者，弓著腰仰著臉；下山者，挺著胸低著頭。

爬山，不是征服與被征服，而是包容與被包容。

明德 FEB. 05. 2010

永恆總在剎那間

想起鄭愁予〈賦別〉詩裡的一段：「雲出自岫谷，泉水滴自石隙，一切都開始了，而海洋在何處？」

小時候記得有一篇「小水滴的旅行」，水蒸氣聚集成雲，雲化為雨，層層經歷入溪河，而匯流到最終卻也是最初的大海。

也許處身飛瀑激流，也許愜意置身草尖珠露；也許落魄下水道爛泥，也許此刻化身為彩虹……。小學生的想像世界，那永遠是快樂的、無憂無慮的小水滴。

長大怎麼就不同了？只因為我們設定了目的——海洋！

若問人世間到底是否存在「永恆」？有的話，大概是人的心境，或者處世態度！

處身飛瀑激流不覺得興奮刺激，置身草尖不見愜意；進了下水道成爛泥致心灰意冷自怨自艾，化身為彩虹也感孤獨虛無不實際。那現實生活中畢生嚮往的海洋，一個不知如何描繪與形容的天堂，也許某一天真的抵達了，卻也倦了、累了、病了、老了。或許，連自己也質疑不願輕易相信；更或許，發覺原來之前早已來過！

「過盡千帆皆不是，雲停總在剎那間。」

人總是如此，常常我們奮力不懈的追尋，走過無數的坎坷路，卻忽略了調適自我的心境。極力妄想天堂，卻反倒逐步墜入深淵地獄，而常常那僅只是一線之隔。觀點不同，心態便不同；角度不同，看法自然大異其趣。同樣出遊，有人說好玩，有人則覺得無聊透頂。彷佛夸父追日，同樣的情節故事，可以是個愚蠢的悲劇，也可以是一個美麗動人的傳說。

美是一種瞬間，也往往瞬間才是美。不一定要在金榜題名、洞房花燭才有喜悅；不一定要功成名就、飛黃騰達才有至樂。生命若需煎熬等待、要苦盡才得甘來，代價未免也太高，況且古今多少人壯志未酬、空留遺憾……。人生雖要有目標與理想，但更重要的該是那過程中，摭拾可得的樂趣！

「一沙一世界，一花一天堂；無限盈滿握，剎那即永恆！」小水滴的目標不一定要海洋，無論在天際雲間或隱藏為泉、於飛瀑激流或置身草尖、管他化身為彩虹或者成了下水道的爛泥，只要活出一番視野，都無損生命的光彩。所謂的永恆，不就是喜悅剎那的定格與一種心滿意足的心靈意境。

生生不息

熱

始終相信：一個人只要耐得住熱，必然具備非凡的毅力，再困難的環境都可以堅苦卓絕、任重道遠！

盛夏酷暑，豔陽把柏油路面曬出一脈脈顫動的光影，所有的空氣都恰似靜止，眾生萬物均顯臣服無力。大樹下、迴廊中、冷氣房裡，每個人都會尋找屬於自己的一片陰影，但有些人——無可閃躲迴避……。

爸爸是蓋房子的泥水匠，豔陽天正是工作天，永遠記得他回家都會脫下溼透的汗衫，然後隨手擰出一灘汗水，叫我轉開電風扇「第一速」。

小時候跟媽媽到大肚溪畔去挖花生與蘆筍，豔陽高照曬得皮膚發痛，沙地熱得燙人，附近連一棵遮蔭的樹也沒有，幾個小時就成了小黑人。

稻米收割一定選在豔陽天，要有汗水才能收穫，只是那熱天氣像一根根的細刺遍扎在全身的每一個毛細孔，所以直到現在還特別懷念休息納涼時在田邊的大桶黑糖冰水。整片稻田變成一束束金黃色的稻草紮，然後辛苦地把剛收割的稻穀堆成波浪狀，一股一股整齊曬滿整個庭院，每隔一段時間規律翻攪。每個收穫的歷程太陽都是功臣，而那令人揮汗如雨的熱，大致習慣了，在太陽下山之後不太會記得。

考大學衝刺時，家裡下午西照熱到受不了，遂改變作息中午以後睡覺，晚飯後帶上一大杯濃茶一路拚到天亮。結果生理時鐘調不回來，聯考前一夜怎麼樣也睡不著。

最永生難忘且烙印心中最深刻的，是大三暑假到台中大里的一家紡紗廠實習打工。開梳棉的程序棉絮飛揚，帶著口罩有時仍覺呼吸困難，約每隔半個小時熱到受不了要跑出來洗臉透氣，隨手往溼黏的身上一搓都成棉條。一日課長要我們去清風管，全副武裝雨衣加頭盔面罩，爬進天花板上的大型通風管，悶熱難耐匍匐前行。管內滿是積棉與油漬，一段一段仔細清理，雨衣裡面汗水出不來而雨衣外面滿是陳年棉絮。每次出來透氣，活像掉進泥坑快要昏厥的垂死綿羊。無意間聽到女工談話：「課長有夠夭壽，沒人肯去做的叫大學生做。」知道自己是被利用的廉價勞工，一位同學索性當場辭職不幹了，課長揶揄大學生吃不了苦，我則爭個面子咬牙撐過。那種感覺會讓人相當氣憤，身上的熱與臭只想沖水，並將骯髒衣物使勁扔棄垃圾桶。

當兵時最熱的是日正當中全副武裝操課刺槍，真是要命！頂上鋼盔簡直熱到可以煎蛋。有時打個靶要行軍近一個小時到五、六公里之外，那種熱令人像中暑般全身癱軟。時常會發現溼了又乾、乾了又溼的野戰服上面有一層白色粉末，那是汗水的結晶鹽。

工作時拚業務，急著出貨遇到泰勞罷工抗議，我脫下襯衫親自搬貨上貨櫃。大熱天的貨櫃裡像煉獄，在悶熱狹小的鐵皮空間中堆疊一桶桶超過五十公斤的染料，才知道什麼叫做「汗如雨下」，一整箱冰啤酒都難以解渴。

曾租屋窩居在兩坪大密不透風的房間，酷熱的城市夏夜裡，是誰瞎說「心靜自然涼」？我們夫妻倆熱到輾轉難眠，常常汗溼了枕巾，半夜醒來相對無言。

一次熱天從台北開車載母親及妻小回彰化，冷氣壞了沒錢修，整部車像移動的烤爐。三個小時的車程大家熱得汗流浹背、滿臉通紅，車窗在行進中則開也不是關也不是。淚水稀釋在淋漓的汗水中，這是窮人的悲哀……。

熱是一種操持，一種修養；熱也是一種激發，一種進化。我胡亂比喻像鮮美的高湯，大骨頭在滾燙水裡熬煮，利用熱使其釋放出潛藏的精華。

豔陽下、大熱天，不是我不怕熱，或響應節能減碳；而其實是我勤儉成性，並且耐力十足！

現在台北的酷熱夏天氣溫動輒超過36℃，真讓人受不了。樓上樓下紛紛裝上了冷氣空調，自然風變成了熱風，連幾十年自豪睡覺不需冷氣的我也正式淪陷了。

開了冷氣，或許很快就會忘了自然風。

熬過了熱，涼才會有意義！人生是否也是如此？

寧靜海

不刻意布局，豔陽下幻化出七彩，
無雲的天，映出海岸神秘深邃的湛藍。
壓抑著透析純然的緣，印證不朽的傳說……
如舞旋律，夾帶淡淡哀愁、些許浪漫，
天地為信，山海為證。
用這樣迂迴流轉的輕輕足聲，纏綿悱惻，
亙古思念，生死結髮，
沙灘靜默無言，浪潮是最深切的渴望。

（2011 攝於關島戀人岬）

中興號

相識是緣份，相知是緣續，相許是緣定！一張車票，開始我們的愛情故事！

天幕漸黑，而華燈初上！下班後的都市充斥著車水馬龍的喧囂，呆坐在東區忠孝東路幽暗的騎樓下，眼前的繁華卻只剩一陣陣悻悻然的迷茫！伴隨著所騎機車因為過熱發出的惡臭，壓抑著自己起伏顫動不規律的心跳，萬般地懊悔……「竟然錯過了！」

自責自己對於台北的不熟悉及誤判，天真地以為應該三十分鐘可以到達地圖中標示的SOGO。下班後匆匆從林口出發，迂迴下坡到泰山才驚覺時間不夠，由泰林路急忙轉進二省道催著機車油門到底，路上一個窟窿造成跳動，外加迎面的陣風將我攜帶的一卷字畫飛捲入快車道，我沒想那麼多地直接衝入急駛的車陣中搶救，一時之間喇叭聲、煞車聲、咒罵聲四起……。救回的字畫被輪胎壓過缺了一角，而且很遺憾地還是沒能送出，生命中重要的約會，我—遲到了！

「可以原諒嗎？原諒一個惶恐與無知的心境？」

多麼希望能有奇蹟出現，腦海中浮現了許多初生即滅的幻境。那一夜，悵然的身影，被遺忘在孤寂的台北街頭……。

我不會想就此而失去，反而要更積極的追求，上天的恩賜我也會更加珍惜。

生命中許多的緣遇，透著神奇，而有時卻又藏著奧妙玄機。

民國七十八年七月廿三日（星期日）下午，我與正在服兵役的弟弟一同到彰化火車站，我上台北弟弟則下高雄。怎料火車站裡人山人海，便走往中正路上距離不遠的公路局。南來北往的搭車人潮一樣很多，弟弟決定回頭去搭火車，而我則留下排隊買票——坐「中興號」。

買到的車票是半小時之後才發車，悶得發慌遂到附近超商買了本雜誌，與一位美麗但樸素的氣質女孩擦身而過。等車時忍不住偷偷地瞄她一眼，大大的眼睛、高挺的鼻子，標緻的臉蛋、梳著飄逸的公主頭，微笑時還帶著迷人的酒窩。

等待了許久站務人員才廣播著催促上車，我幾乎是排最後面上車，乘客們一一對號入坐。我坐位旁邊靠窗的正是剛剛見到的那個甜美女孩，只是有位男士已經坐了我的位子。原本我無所謂地往後走，卻突然間有一股衝動讓我回頭出示車票：「先生，對不起！這是我的位子。」這根本不像我平常溫良的作風！現在回想起來，只能說有些事好像於冥冥之中早已有安排。

「中興號」滿載著乘客，從王田交流道開上中山高，假日車速緩慢一路塞，身邊坐的女孩讓我有點緊張與不自在！不是很專心地看完了整本的雜誌，我隱約小睡了一會兒，醒來看看窗外高速公路長長的車龍，兩個多小時了竟然才過苗栗。我眼光掃過身邊的女孩，兩人眼神交會，並且很自然地向她致意，心裡一陣撲通撲通小鹿亂跳，她回應給我的是帶著醉人甜美的酒窩、令人心曠神怡的微笑。

我們隨便找些話題聊了起來，我很怕話不投機，會讓對方覺得我在騷擾搭訕，格外注意她的反應，仔細觀察她並沒有感覺不耐我才較放寬心。沿途還算是相談甚歡，車速也不知道什麼時候快了起來，不知不覺就快進了台北，這時心底反倒希望司機慢慢開，要不然下重慶北路後多停等幾個紅綠燈也好，因為或許到站後就是彼此的終點。我清楚明白到台北只要她一消失於眼界，日後便無機會重逢。

在塔城街下車，天色已黑，我鼓起勇氣向她要了電話，很意外她拿起筆直接寫在我的那本雜誌上，那是她公司的電話。我深怕有個閃失，將它烙印在腦海裏背了下來。

翌日，我隨著公司的業務部遷移到林口上班，並且就近租屋。全然陌生的環境，每一天都是全新的挑戰與忙碌，很想聽聽她的聲音而猶豫著該不該撥打那電話，會不會貿然與突兀，內心煎熬掙扎，擺佈著我的情緒。我知道那是戀愛的滋味，教人意亂情迷。多少個夜深人靜，那抹不去的倩影化成思念，我用我擅長的毛筆將內心的款款深情寫成情書……。

她終於願意見面了！我們約下班後傍晚六點半在忠孝東路 SOGO 附近，可惜我鄉下土包子只曉得忠孝東路卻不知道 SOGO，誤判距離且錯繞遠路，竟然遲到錯過了……。

她不喜歡不守信用，因此有好一段時間她不想理我。幸好，情緣不滅，一切的陰錯陽差皆為試煉！

我不甚浪漫，但憑一股真誠傻勁！真愛讓彼此知足快樂，對於未來我們有著無限憧憬並且懷抱夢想。

因為她屏東家鄉靠山，喜歡我帶她到北海岸看海；有空我們常相約去探索與認識台北這個大城市，有時候像歷險嘗鮮，留下許多珍貴回憶。一次的雨夜，我們倆同撐一把大傘依偎靜坐在空蕩蕩的淡水渡頭，互訴心曲，內心激盪如那雨聲與潮聲澎湃洶湧……。另有一回她特別自己摸索著到林口找我，我知道我已經悄悄地佔據了她的世界。

幸運地，我們相識相知相許，最終我們修成正果、攜手此生！

生命中的奇蹟，許多因果難以解釋，不得不相信那叫做「緣」。

從我決定放棄原本彰化的工作上台北，決定哪個時間點出發，決定不坐火車改坐中興號；乃至於排隊買車票，對號入坐，沿路塞車，愉快交談，留下電話……就像楨從屏東北上求學工作，久久才一次前往彰化探望嫁到福興的二姊一樣，命運就是這麼巧妙，在茫茫的人海與錯雜的時空中，把在線的兩端的我們拉攏在一起。少了任何一個環節，彼此就是陌生人。出了任何一個差錯，連自己都不會是現在的自己。

許多的歡笑與淚水、苦難與喜悅、讓兩個出身中南部剛踏入社會的年輕人，交織出在台北的愛情故事。感謝楨長久以來陪著我吃了不少的苦，並為我們的家盡心竭力付出；我深切明白，那一次坐上的「中興號」，目的地開往了幸福！而關於我們兩個人所有的故事，從排隊買的那張車票開始。

今天，一個值得記念的日子——我們結婚廿週年，為文記敘，願為此情緣的歷久彌堅作見證。衷心期盼每一個有緣人愛其所愛、愛得其所，並祝福天下有情人終成眷屬！

明德　民國99年9月28日於台北

戀曲一九九〇

楨

結婚宴客

結婚合影（1990 年）

當年的中興號早已走入歷史，
但 幸福——無限延續！

十週年（2000 年）

結婚 20 週年（2010 年）

讀書

古今來許多世家，無非積德。天地間第一人品，還是讀書。

「書就像河流，新的河水不斷流過我們的身上。或者，我們讀者是河流？而書是我們所流經的鄉村！」忘了是誰說過這段話，雖然乍聽之下有些奇怪，但細思後似乎又有那麼點道理。如果將我們的理想拉出航程，學習是必需之風帆，而讀書則是必然的途徑。

書籍，是人類文明的遺產，是先人經驗的精華，是承先啟後的媒介。一本富有學問哲理的好書，像一盞明燈，映出人類不朽的輝煌紀錄，負起繼往開來的重任，它能激起我們生活的意志，記取前人寶貴的經驗和教訓，使精神昇華、人生高尚。我們讀書如遇良師益友，自然有「如沐春風」的感覺，一種是知識與智慧的洗禮，無形中提昇了精神上的層次與境界。

「腹有詩書氣自華」，許多人認為讀書才會有出息？而「盡信書不如無書」，某些人則覺得讀書無用？凡事一體兩面，當然極少數人因緣造化，其求知不一定靠讀書；更有甚者讀書人有了偏差，少了「修身」的工夫，書讀愈多反而危害社會愈大。但這無法掩飾「開卷有益」的事實，問題重點其實不在讀書本身，而是學習與成長。是否從書本中汲取了知識？是否確立了觀念？明白了道理？是否於閱讀中增長了智慧？當因為讀書有了啟發領悟，或發生了潛移默化的影響，知識形成了力量，提昇了生命中真善美的價值，讀書就變得有用了。

不讀書有很多理由，大部份人說「對讀書沒興趣」，或者「我不是塊讀書的料」。讀書為了考試，填鴨式死讀書當然很痛苦，這點許多人都經歷過。但「如人飲水冷暖自知」，只能自行體會將心態作調整，並且從苦悶中找尋樂趣。像小時候讀詩為了考試默寫，所以索然無味；老來讀詩心有戚戚，感動肺腑。不同的心情或不同的年齡讀同一本書，像穿過苦與樂的透鏡，往往會出現不同的感觸與意境。

讀書這件事，跟登山一樣，是一種好奇的尋幽探勝。登山愈高，愈覺新鮮，愈覺有趣；樵夫的登山，是為了砍柴，他是為了生活而工作，他以攀登高山為苦。我們讀書也正如此，有人感到苦惱，有人卻感到樂趣。

當求知變成一種習慣，產生了樂趣，觀察及判斷逐漸成熟有了智慧，讀書會像是擷取心靈寶藏，眼界如站上巨人的肩膀，生命的豐富體驗自然就不同了。

南宋理學家朱熹曾說：「書不記，熟讀可記；義不精，細思可精；惟有志不立，直是無著力處。」所以「正心立志」是求學最重要的大事。人生一旦確立了目標，明白兩點間努力的距離，體會出苦味後的回甘，不管讀書或做任何事自然會積極有勁了。

入江湖，先把武功學好；出社會，先把書讀好。這是生存法則，也是立足條件。

只要想起，就不算忘記！

或許我們曾經相識，一度交情深厚，濃得化不開；或許我們不再相逢，時間空間稀釋了彼此，竟像風箏斷了線……。人各有志，不同的行囊、不同的步履、不同的陽關、不同的渡口。即使年復一年，在那等待的四季，儘管滄海桑田、風雲幻化，雲兒會有自己描繪的天空。

許久不見的朋友！你還好嗎？

忘了當時有沒有說再見？許多年來甚至勉強自己不再去回憶，日子像浪潮般在消波塊上拍打，世間多少的洗煉與折磨、辛酸與淚水，也許同樣衝擊著那潛藏內心的思緒，澎湃洶湧著那壓抑不住的靈魂。在相同寂靜的夜裡，也許我們正同樣仰望著那一簾月。

怎麼著，稚嫩臉頰置換成滿佈風霜的面容，雙鬢掩蓋不住早生的華髮……。

不是不念情誼，絕非忘恩負義！

誰叫我們是行色匆匆的旅人，像那流浪的星子，生命中無時無刻人與人擦身而過。在出國的候機室等待，在一班班的列車轉換與徘徊，到底與誰同行？會碰上什麼新鮮事？哪一人會特別在另一個盡頭等我？從前欣喜，現在則沒有什麼嚮往，有些東西抓不住、握不牢。追求了什麼？失去了什麼？過度探索它的實際與意義，反覺得悵然與空虛。總在掉落了果實，才知磋跎了春暖花開的美景；總是踩入了煙塵，才明白已錯過了最絢麗燦爛的時刻！

前塵如夢，人生走得最急的總是最美，而最難尋的還是那份赤子的真。

只要想起，就不算忘記！我們不冀求多餘的相聚，我們不祈求心靈的雷同，只等待隨興的風，摭拾起遺漏遍野的綺思，托付夢中。

只要想起，就不算忘記！當我們不再年輕的時候，都能夠為自己走過的路自傲；不是那件顯赫的金衣，而是為那曾經努力過，卻不一定達成的心願。

只要想起，就不算忘記！或許將不經意透露出我的無助與悲傷，或許你一見如故地驚喜、或許你已變得多疑、記恨又冷漠，但無論如何仍然深深惦念、滿滿祝福。

只要想起，就不算忘記！
我知道生命無法重來，但也許友誼得以接續，至少在最遙遠的角落，可以彼此關心、互捎訊息。如那詩句：

山拔如浪松如帆，
直送蒼鳩破九關；
落霞天遠紅正好，
他日摯手話平安！

週年慶

又是一年一度的百貨公司及賣場週年慶，各式各樣行銷手法都出籠，目的不外乎為了刺激買氣，買氣一定要有人潮，從結果來看策略是成功的。

同時間有一則新聞，是中和的 JUSCO 因敵不過周邊的競爭而準備撤出台灣，特別清倉大拍賣，之前我竟沒聽過 JUSCO，昨天特地因清倉拍賣而查了地圖去逛逛。天啊！人山人海，東西倒不見得特別便宜，促銷一折三折的只有幾樣小東西，但萬頭鑽動連手推車都不夠，每個人大包小包，十幾個結帳櫃檯均大排長龍要等上半小時，而這時間還是星期五下午的上班時間。JUSCO 為什麼會做不下去？答案很清楚——活力不足、行銷不夠！

百貨賣場最好是不停的慶祝，一年幾大節日尤其聖誕節外加中外情人節，週年慶外加年中慶年終慶及開春特賣，最好日日過節天天星期天，如此不斷慶祝並配合活動，以維持買氣不墜營收長紅！

以前我們在學校社團，總一定要在適當的時機辦活動，活動完一定檢討並慶功，活動讓人學習成長，而慶功凝聚向心力激勵士氣！沒有活動的社團像灘死水，而時常慶功的社團像湧泉，永遠充滿活力生生不息！

公司經營也是一樣，以前我們建議突破業績慶祝，結果幾乎月月捷報，去過許多餐廳吃遍各式料理，業務部門上下團結相互鼓勵。後來老闆嫌利潤變差了而取消聚餐並降低業績獎金，也好像影響了生意，從此難再突破紀錄，後來連團結的氛圍也不見，許多人也離職了。

其實真實的生命中不也是如此嗎？辛苦了一陣子總要慰勞一下自己的辛勞，生日結婚紀念日一定要記得慶祝，避過危險吃點豬腳麵線，度過苦悶得拿出一直捨不得開的好酒狂歡一下，喜悅不吝與親友共同分享，即使只有一點小長進也要不吝給自己喝采！

人生的運氣恰似百貨賣場的買氣，一樣要行銷刺激，一樣要充填活力！

行路難

不是在一瞬間，就能脫胎換骨的，
生命原是一次又一次的試煉。
淚流滿面，不妨就盡情放聲大哭吧！
不可能永遠一帆風順，偶爾逆風難行、舉步維艱。
成長，總有段陣痛與嘗試摸索的過程。
行路難，難在無法遂其所願；
難在於應對進退而不失其中正；
難在於往前駐足之時，還能回頭優雅自我眉批；
難在於途窮之際，猶能端莊句點、另起段落。
行路雖難，但必須體認現實，勇於重新上路！
不知不覺已經長大了，即將邁向另一段迥然的歲月，
橫阻在前的有許許多多的驚奇與挑戰，
慢慢將適應習慣沒有陪伴，必須堅強自立。
航程確有水秀，只是不免一番驚濤！
未來，是千迴百折的征途，
當然亦期盼那將會是喜悅歡欣的彼岸！

那一年
雙騎並馳
在高原
橋旁柳蔭
繫馬
酒肆樓頭
買醉
鞭指窗外
揚起的
塵土
且看昏鴉

歲月

紅塵有夢　轉身便是風景
青春無悔　只是略顯匆忙
等待　也許是一種　不必鉛華
一種萬緣皆盡的　寧謐
然而　任它　白雲在天　蘇跡在地
那陣陣的思念　總如此
天旋地轉的　喚不回已逝的悲歡歲月
多少往事　已付沉吟

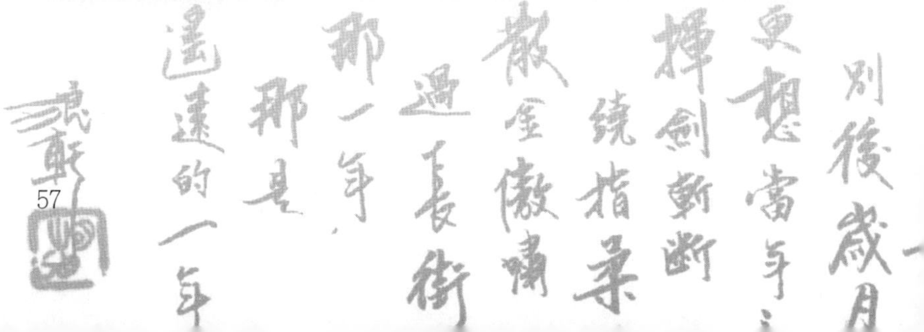

節自　遠樓東　那漢子

買房子

小市民真可憐，但沒有房子最悲哀！

媒體最喜歡用不吃不喝幾十年才能買得起房子，不知道想要比喻凸顯的到底是富人的喜？抑或是身為窮人的悲？不過聽來著實令人感到憤怒與沮喪。有錢有權的人心中只有房價，數字代表的是經濟發達，讓他們賺得荷包滿滿、衣食無虞，得以肆意逍遙、不可一世；而真正親身去痛苦體驗不吃不喝的則永遠是辛勤努力、孜孜矻矻的普羅大眾，我們的願望單純且渺小：為了一個可以棲身的家，一個得以遮風避雨的處所。

唉！富人利用錢，而窮人被錢利用！赤腳的賺給穿鞋，穿鞋的賺給穿靴！

但總是憤世嫉俗地覺得，這政府這社會與資本主義深深對不起踏實努力的年輕人，尤其是充滿抱負卻又一無所有的年輕人……。

一九八九年夏天，我懷抱夢想，從彰化攜著簡單的行囊上台北！

就是在那年，股市飆漲，房價翻了兩翻，薪水永遠跟不上漲幅，買房子成為遙不可及，也是一輩子最沉重的負荷。台灣當時發起萬人參與

「夜宿忠孝東路」的活動，那算是相當震撼台灣的一項社會運動。堅持「住宅是基本人權」，嚴正抗議房子成為富人把玩投資的工具，而窮人則成了難以翻身的奴隸。主要訴求的是社會的不公平與房價的極度不合理，反應的正是無殼蝸牛的辛酸與有殼卻拖不動的普遍心聲！只是，力量微薄像狗吠火車般起不了任何作用，沒有人會憐憫那每天勞勞碌碌的芸芸眾生，命運只能靠自己扭轉！

而我，懵懵懂懂，是一個一無所有但滿懷抱負理想的時代青年！

在台北從每個月兩萬塊錢的薪水開始做起，天真地認為終於可以自己開始賺錢並且回報父母，每月固定寄一萬元孝親費，繳了房租及一些雜支，極度省吃儉用後剛好點滴不剩、口袋空空⋯⋯。

認識了楨，幾番波折後我們墜入了愛河。楨是來自屏東的鄉下女孩，竟然身世比我還要窮。因為窮，可以讓我們輕易發覺滿足及幸福；因為不服輸，我們相知相許願意攜手奮力前程！

一九九〇年我們在眾多的祝福中結婚，快樂極其短暫，需努力掙脫貧賤夫妻的宿命。婚後我們租屋窩居在一個約兩坪大的小房間，那是楨的阿款表姊住家旁的畸零地加蓋，房間外的空間是阿款姊白天幫人剪髮洗頭的家庭理容院，晚上充當我們的客廳，而廁所則共用。房間內一個雙人床佔據一半，擺上一個書桌一個塑膠布衣櫥後剩下空間僅容迴旋。後來搬來一台廿吋的電視，沒地方放索性將它掛到高高牆上，躺在床上仰看到脖子痠痛；沒有窗戶讓空氣對流且屋頂西曬，夏天密不透風熱到無法成眠……。

我於染料公司當業務，楨在日商公司，每日忙碌，凡事新鮮且甜蜜不覺得苦。

只是還來不及計劃與準備，楨懷孕了！

我們既喜悅又驚慌，知道既然孩子要出世就不能再住在這樣的地方，需要有個像樣的家。但身無分文的我們連大一點廿坪左右的房子都租不起，我連想都沒想過買房子。

楨的意志力與想法不一樣，無論如何就是要想辦法買房子！我們必須加緊積極地設法開源、嚴格管制節流，當時我們最終的結論：如果用盡極限在台北真的無法立足，如果確認買房子沒有希望，就趁早回中部！

工作上每天我想盡辦法突破業績，新竹以北的客戶之外，我自願加跑與我有地緣關係的彰化一帶，為的是每月的業績獎金。後來發現晚上比白天做生意容易，常常要夜訪客戶或投其所好，有時與客戶搞到三更半夜，或有時危險地開車回家爛醉如泥。

想要錢卻沒有錢的日子當然是很苦的！楨一直以來有每日記帳的習慣，既然收入難以增加，要強迫儲蓄只有節省開支。但話說得容易，生活上實際的狀況實在太多，真要存錢很難！尤其台北消費高昂，中南部親友來訪、三五好友相聚，吃吃喝喝、買東買西，很快就破功透支。所以後來決定鐵腕嚴守三斷：斷念、斷酒肉、斷朋友！（一）減少花錢的念頭，不逛街；（二）不要生活品質，不娛樂、拒錦衣玉食；（三）不聯絡朋友，自我孤立限縮！

執行上很難，我們盡力做到！其中最困難的是斷朋友，以前在學校雖不是什麼風雲人物但卻交友廣闊，聚餐屢屢不到或胡亂編一些理由不參加，每每內心交迫煎熬……。有次按捺不住，跑去與以前在軍中的好朋友喝酒相聚，順道摸了八圈麻將，技不如人輸了四千多元。我百般後悔自責，楨則是氣到不行，好幾天都不跟我講話。

楨常常在假日安排去看房子，我則極度自卑與不願意！不管新建、預售或是中古，她會很熱衷地跟銷售人員談論，而我總是木訥站得老遠。因為根本沒有錢，講多少都是天價！尤其在信義區看房子，銷售小姐會大小眼，她們一眼可以分辨身份，以決定盛迎或者是敷衍，我時時感受到輕蔑糟蹋，對我而言等於自取其辱。每次看完房子，總是夫妻失合、鬱鬱收場……。

楨的肚子一天天大了起來，而我們的省吃儉用沒有白費，存摺裡首度超過十萬塊，我們高興地緊緊擁抱，泛紅著眼眶堅信一定可以熬出頭。這是個重大突破，證明我們有能力積蓄，雖然我們心知肚明離買房子還差得很遠。

一九九一年，由於公司方總的提攜我進入了剛成立不久的國外業務部，負責整個東南亞市場的開發拓展。我的生活更加忙碌，視業務需要隨時拎著皮箱裝著滿滿資料及樣品出國，而楨則挺著肚子擠公車；生活的壓力使我成為拚命三郎，許多的國家都是業務的沙漠，我極力奮鬥期望早日能開花結果！

在人生的困頓，爾祥出生了！我百感交集，當了爸爸是喜悅，也是肩頭加重。但我不能想太多，日子只能順著向前走！

楨與孩子回彰化給媽媽照顧坐月子，我則得更加拚命、再接再厲……。

生命常會在轉彎處見驚奇！

那天早上我收拾行李準備到泰國出差，阿款姊告訴我附近賴先生想賣房子，於是就抽了時間去看了。房子格局成梯形前窄後寬，聽說聚財，光線充足視野可見到前方的青山。賴太太見我有緣嘀咕個不停，我則像看到未來的幻影；從所有擺設的零亂不堪與部份壁面斑駁，思考我可以構築的藍圖，想像著那恰似能力所及的幸福！

賴先生開了價錢，我央請阿款姊先借我兩萬做訂金，便急著出國去了。在機場的候機室，我用公用電話告訴正在彰化坐月子的楨：「我訂了房子，表姊幫我代墊訂金，飛機要飛了，不清楚的一切問表姊！」說完便登機飛往曼谷⋯⋯。

其實我也徬徨疑惑，從未妄想過買房子的我在當時如何會有那種勇氣？其實我只想先訂下，把時間凍結，好讓自己能有多點時間考慮盤算，將問題留給出國回來的兩個禮拜以後。假使真買不起我們損失兩萬，但如果不先行動，也許等到回國之後機會已不復再！

飛機將我拉上了天際，棉花般層層白雲瞬間在我腳下，感覺讓我更貼近上蒼。我合掌衷心祈求，但願賜福與我平順、成全一個真誠且肯奮發的心靈，並希望我的決定會是對的！

「存款不到二十萬，要怎麼買房子？」一向要我一起看房子勇往直前的楨，面對了窘況反而退怯了！而出國期間我已擬妥計畫：「先查出這房子最多可以貸款多少？其餘的跟父母商量拿現在彰化住的房子去抵押貸款，併我們的二十萬當頭款。」「以後我們加倍努力兩邊還款！」

想法很危險但破釜沈舟，如果我們這關不過，將會連累彰化全家！沒想到爸媽同意了！精算後從彰化貸出一百二十萬，十年為期年利息是駭人的十一．五％，要過戶的這部份用首次購屋優惠貸款，十五年為期年利息為九．一五％。兩邊相加總，爾後每月需負擔房貸四萬五千多……。

楨與我當時加起來薪水只不過約六萬，那還是需業務獎金支撐！想到剛出生的兒子，雖彰化母親願意幫我帶也要奶粉尿布錢，想到暫時無法給孝親費；想到日後基本水電與交通等雜支，想到也許真要幾乎不吃不喝，更想到如果貸款真的付不起，自己會是千古罪人，人生將會難以想像的悲慘……。內心猶豫掙扎，要下決定實在煎熬無比、痛苦萬分。

在基隆路上的代書事務所，契約書要簽章的剎那，楨還是不放心地拉我到一旁。我告訴她：「船到橋頭自然直」，這絕非賭注，像是對生命的宣誓：「固定繳的貸款不會增多，薪水收入再設法成長，前途再難，走一步是一步。」「每天晚上我都在想像我們會如何過接下來的這十五年，而十五年後我們四十二歲，又將如何在那時候來看歲月。希望到時是回味而不是後悔！我們挑戰吧！」

楨流下了淚水，我與阿款姊一旁安撫。賣房子的賴先生見狀關心地走了過來：「是不是有困難？年輕人買房子不容易，有困難可以再考慮商量。要不然先過戶沒關係，我可以借你們二十萬！」賴先生伉儷是我所見過難得的好心人，阿款姊大概有告訴他們我們夫妻的情況，不過這是買賣，賴先生的心意，我們難忘且深深感激！

隨著代書的過戶進度，最後到台北銀行總行開戶，過程中只記得一直簽名並叫我蓋了很多手印。完成貸款手續，與楨呆坐在銀行門口的斜椅，十月天落葉枯黃、樹影蕭瑟，中山北路上人來人往、車水馬龍，而眼前一隻偌大的鳳凰狀似鐵雞。

簡直不敢置信，一切彷彿夢一般，真的買房子了，而挑戰則才剛開始！

買了桶油漆將房內重新粉刷，並將破損的紗窗全部換過；本來只打算瀟灑鋪片紙板睡地上，後來還是到文昌街挑了張最便宜的床，外加一個簡單餐桌。有房子凡事不覺得苦，走路有風帶吹口哨，對未來充滿希望，連工作都格外起勁，無畏地勇敢面對新生活！

但自己老早心知肚明面臨的情況，第一個月銀行扣款後就捉襟見肘。楨每日記帳方式也改變，捨棄流水帳改為節流法。即每月十號領薪收入，十五北銀扣款，必須多少奶粉錢回彰化，多少水電交通例行雜支並預留突發狀況，最後剩下來的才是吃飯錢。這麼一來所剩不到五千元！只感覺每個月銀行扣款時間過得很快，但口袋沒錢三十天很漫長。我也永遠牢牢記得，有一回餓了在吳興街的路邊攤只吃了碗滷肉飯，掙扎許久，很想喝但最後還是沒有叫貢丸湯！

一塊錢逼死英雄漢！家中的一切簡單水電與泥作我都可以省錢自己來，但最難掌控的是修車費。中古車是母親贊助，老車狀況特別多，能不花錢的都自己來，還到書店看汽車書籍研究。父親總是納悶每次回到彰化我不是打開引擎蓋摸東調西，要不就是拆車門修理電動窗。而當時最怕接到同學或朋友的喜帖，真是紅色炸彈，所有計畫頓時亂了套；而最要命的是有時一個月來了三張，簡直欲哭無淚……！

與孩子分隔兩地，如不出國我們幾乎每週回彰化，路途像未來一樣漫長，塞車難行恰似生活窘況。有次孩子高燒不退，醫師診斷是支氣管肺炎，住進秀傳醫院，我與楨同時請假一個禮拜……。

痛苦的人沒有悲觀的權利，我們急需的是如何開闢財源！我們分頭找兼差或任何手工，還差點被詐騙；想晚上擺地攤，幾次到通化臨江夜市觀摩如何叫賣與躲警察；問苦過頭的阿款姊怎麼樣兼差開計程車，而比較實際可以偶而賺點外快的，是幫莊敬路裱畫店代客寫字……。

偶然路上看到小廣告，突然靈機一動，想到房子有三房兩廳，可以兩個房間出租，一個五千另小房間四千，雅房招租字條很快外出張貼。倒楣透頂被環保局開罰，還未收入先繳稅般支付四千五罰款。然而終究是這每月增加的九千元房租收入救了命，至少得以苟延殘喘。

不斷努力，我在東南亞業務有明顯的進展，每個月逐步突破業績獎金，存摺可以有盈餘。加上過年公司除了年終獎金老闆還會額外給紅包慰勞。為確實減輕每月負擔，從彰化的貸款優先，我們湊足一定數目就還；每一次到銀行還款都像打了勝仗，士氣大振我們也不忘乘勝追擊。

彰化貸款的一百二十萬，約兩年時間我們還了快一半！

重重難關我不妨一次過！一九九三年老二爾玄出生，禎一樣回彰化坐月子，滿月後換班似的把兩歲多老大爾祥帶上台北，念幼稚園小小班又多了筆一萬多的開銷。除了拚命工作、除了努力存錢，生活則沒多大改變……。

彰化大姊見我們勤儉度日如此看不下去，暗中偷偷地將我們彰化貸款尚未還完的最後五十萬給結清！

雖然感謝大姊幫忙，但實在不想欠太久，這也是我與禎的堅持：「要窮得有骨氣，一切靠自己；房貸之外，絕不向人借錢，除非是生死交關！」那年年底我在公司的業績扶搖直上，每月可領八萬多。過了年，禎含著淚把訂婚結婚所有值錢的黃金首飾通通給賣了，總共十幾萬；剛好足夠五十萬還給大姊。接下來單純多了，我只需專心對付台北銀行，感覺生命越來越美好、人生充滿希望！有個月我的薪水第一次突破十萬，決定慶祝一下，夫妻帶著孩子吃忠孝東路的順成牛排，那是這輩子吃過最好吃的牛排，甘美滋味嚼在嘴裡直入心扉，眼淚禁不住掉了下來！

有了業績，十萬薪水成常態，結果公司經理嫉妒了，因為我比他高很多。因為我公司特別修改獎金制度，我的月收入又硬生生被打回到六萬多……。

第一次回到到台北銀行去還款二十萬，夫妻倆同樣坐在那張斜椅，想著往後每月又可以少付兩千塊，感覺到飄飄然。中山北路熙來攘往依舊，路樹顯得翠綠，驚訝門口那隻鳳凰是楊英風景觀雕塑作品，叫「有鳳來儀」！

我們仍然不敢有絲毫的鬆懈，每當我脫線了一點，最怕楨推出帳本，厲害到可以抽絲剝繭追溯所有出入細支來怪罪我的不是。每當我沉溺在擁有房子的幸福，她總是給我一盆冷水：「房子還不是我們的！別忘了還在付錢，沒償清之前，仍屬銀行。付不出錢隨時烏有！」

不懈地努力，很快我憑藉實力在公司薪水又破十萬，還有一個月創記錄十三萬多，同樣我們還是去順成牛排。而當時銀行掛牌利率逐年調降，貸款約七％，我們信用良好但北銀九.一五％利率卻堅持不肯降。我們遂將貸款轉移到中國信託，貸款同樣一筆一筆整數償還，距離達陣已剩下不到兩百萬……。

造化弄人，好景總不常，諸多原因一言難盡！公司國外業務部要闊編，市場重劃分要我移交部份客戶，重點是以後的獎金又少了。

一九九五年底，又陷入痛苦掙扎，我決心自立門戶創業！

沒有資金只得找人合夥，而我又從中國信託銀行增貸了兩百萬。晚上挪出時間寫企劃案得到青創會的優惠貸款五．六％利率，諷刺的是貸款又得搬回指定承辦的台北銀行。多次經手辦到都已經認識的北銀小姐見我回來，直笑我多此一舉。而後同樣坐在門口的那張斜椅，這次我們仔細欣賞「有鳳來儀」，勢作飛天、志在千里。

不成功便成仁，幸好獲得許多客戶支持很快給我關照的訂單，也技巧性地躲過老東家的追殺。一九九六年非常幸運賺了一個資本額，卻在一九九七年很衰的遇到東南亞金融風暴！哀鴻遍野，生意幾乎全部波及，貨款收不回來，開出的支票卻一張一張到期，我左支右絀、夜夜難眠……永遠難忘在仁愛路的第一銀行，下午三點半鐵門緩緩關上，我急得像熱鍋上螞蟻，分行經理同意等我一張香港的匯款電文；沒有電文我就跳票，一直熬到快五點，終於……！

那年金融風暴總計損失超過十五萬美金，其後景況蕭條市場重洗牌，對我而言僥倖沒有死算是重傷。屋漏偏逢連夜雨，福可同享禍難同當，接著公司吵著拆夥，都半條命了再挨一拳，簡直氣息奄奄、心力交瘁！

槍林彈雨中我總算僥倖存活，我自詡是不倒劍客！感謝貴人相助、神佛幫忙，公司生意與周轉皆逐漸回到正軌，只是就剩我一人，也狀似安全，楨只好忍痛離開日商公司過來協助。不經一事不長一智，貧窮與困難是最好的學習，雖不復有以往熱絡的生意，但生命經過了洗滌層析，從此謹慎豁達。

一九九九年，我們終於清償貸款，擺脫那重負，展開「有房子」的新生活！

坦白說，必須何其幸運才能夠「苦盡甘來」。萬一「苦盡」而沒有「甘來」，一樣也是人生！所付出代價的可是一輩子！房價與所得的不合理我深深不平，不甘心的是那付出的黃金歲月與不捨的青春。那資本主義的操弄束縛，將我們緊緊勒住。現實如此，只能死命掙脫！

人沒有自己房子就像浮萍，東飄西泊難以安身立命，根很多很長但水面上發展有限；有了房子則像樹苗抓到泥土得以扎緊踏實，不需很深的根就可以拔地亭亭、枝繁葉茂！

走了過來，真要謝天謝地！感謝楨，一路以來陪我咬牙吃苦！特別感謝我的父母及暗中幫助的親友，也感謝從未間斷關心的朋友，更感謝也對不起許多很久不跟我聯絡、也還好沒跟我聯絡的朋友！

二〇〇〇年因緣巧合我們又買下了隔壁的房子，二〇〇三年將兩戶打通。二〇〇六年即是當時預計的四十二歲，滿心感激惜福與知足，喜歡在家中的大片窗前雙坐公婆椅。前塵如夢、往事歷歷，細數驚心動魄的每個日子，回想那掙錢省錢存錢的每一幕，仔細端詳屋內每一個空間、每一個角落，都有著一段段的故事，和著血汗、拌著淚水！

現在的房價貴得更離譜了，有錢財團當然高興，但想必許多人的生活處境更加辛苦。沒有聲音，因為被重重壓著無法翻身。

如果有人問我現在這房子值多少？我難以回答，甚至不會想理會，因為——

無價！

明德 JUL. 08. 2009

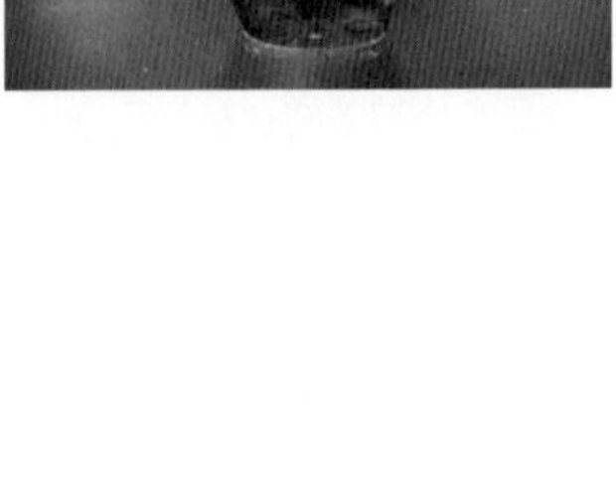

欣賞這片刻人生

是不是跟我一樣？平常走著走著就會加快步伐？只要開車上路就會想急踩油門？

而其實並不趕時間，不用那麼急的！只因為我們是行路匆匆的旅人，生活中只有競爭，一直以來習慣急著趕路。為得果實，遺忘了花開；只求目的，忽略了過程；到達境界，卻錯過了最美麗的風景。人生的許多摭拾樂趣、珍貴片刻，也往往在忙忙碌碌、汲汲營營中錯失了。

日子是不是像極了達達的馬蹄聲？會不會驚覺自己像一匹矇住眼的奔馬，只顧著向前跑？

幸福一直都存在，未能察覺才是悲哀！有句廣告詞：「再忙，也要喝杯咖啡！」可千萬別連喝咖啡也急，要坐下來細細品嘗，因為苦澀背後藏著濃濃醇香。

並不是所有的終點都一定會春暖花開，並不是每個人生都可以富貴圓滿，所有故事的劇情也不一定都有好結局，而夢想的盡頭也不見得是最輝煌燦爛的頂點！所謂的永恆，是否正是片刻的延續累積？

慢下來，學習去欣賞每個短暫片刻，並試著尋找樂趣、享受過程。處於現況，就隨遇而安；活在當下，就盡情去體驗。人生到處都有美景，只要帶著你的赤子之心，加一份知足常樂。在路邊攤點幾樣小菜，也可以吃得很美味自在；或恬靜地坐在樹下，感受午後的悠閒光陰，體會這真真正正、實實在在的人生！

欣賞這片刻人生，即使只是一片模糊美麗的斑點，探討事物的形象、事物的本質。在黑暗中慵懶地躺在地板上，把手邊的事放下，細細聆聽一段美麗的音樂。或赤足伸到清溪裡，嘗嘗河水穿過趾縫的冰涼；也可以漫步在溫暖的沙灘上，望著浩瀚無垠的海洋，放任思緒跟隨著浪濤起伏翻騰；或者爬到山坡的樹上去，俯視一會兒下面的世界，想像小鳥的歡欣。

欣賞這片刻人生，仰坐巨石上觀望飄過的白雲，由著風兒在藍天上任意作畫。時而走入蒼翠的森林，大口呼吸清新的負離子芬多精；時而潛入蔚藍的大海，窺探神秘而豐富的海底世界。甩開陽傘的遮蔽，鬆開緊束的襯衫與領帶，不要去在意髮型，解除一切自設的束縛，敞開心靈用熱情去迎接烈日和風吹雨打。

欣賞這片刻人生，像個孩子般在曠野奔跑，重拾從草地上滾下山坡的樂趣。或者騎著腳踏車，讓微風吹拂臉龐，享受汗流浹背的通體舒暢。

欣賞眼前的人情世態，你會清楚自己的定位；欣賞心儀已久的那一片山水，去尋找你心靈的憩所。暫且撇開那櫛比鱗次的水泥牆與建築物、那爾虞我詐的功利與爭鬥、那穿梭擁塞的汽車與人潮，回歸到自然，找回那個最純真的自我。

人生美景本就該由自己去描繪並且經歷，無論春暖花開或是酷雪嚴冬，它都屬於美景的一部份。所以欣賞這片刻人生，當然包括變化突來的狂風暴雨、迂迴坎坷的挫折困頓。欣賞生命中的對比與衝突、堅忍與淚水，因為錐心刺痛的感覺最真，而最痛苦難熬的時刻也往往最美，將在經歷過後為我們帶來成熟與豁達。像雨後的彩虹，如穿雲的夕陽，最讓人流連回味！

調適一下心情與想法，有時候換個角度，這世界就不一樣。

欣賞這片刻人生，不要只顧急著趕路。人生除了目的，可別忘了真諦！

趙班長

那是一個最簡單的出殯，沒有冗長的花車，也沒有親友的弔唁。北風將路兩旁的木麻黃吹得嘎嘎作響，捲起的黃沙弄痛了人的臉，十個抬棺者和四個喇叭手，在陰霾的天色中，配合哀涼曲調，以沉重而肅穆的步伐緩緩前行……。

一個人就這麼樣在人世間消失了。他的死，或許只留給人們一聲輕輕地嘆息，生離死別原本就像落花枯葉那般微不足道，可是在他的背後卻暗藏了故事，這故事有血有淚，它包含了許許多多生命的無奈與悲哀。一個大時代的悲劇！

這故事該從民國六十年講起吧！我小時候生長在大肚溪畔的一個窮苦小村落，自從八七水災過後，這村子裡幾乎沒有一戶不窮的，若說富有，頂多在孩子上學時可以給他一雙鞋穿罷了。學校離村子不遠，約五、六分鐘路程，除了白天上學外，晚上沒有人會到學校，因傳說校地原本是一片墳場，晚上並不安寧，尤其海邊風大，咻咻的風聲確實帶給人幾分蕭瑟與恐怖。

學校的最角落裡，有一幢破舊木造大房子，房門深鎖，高高的地基引出了雜草叢生的階梯，階梯兩旁堆放著破舊的課桌椅，牆壁呈現油漆脫落後斑駁的黑色，藤蔓爬滿了整個屋頂，從塵封的蜘蛛網看來便知已荒廢很久了。傳說是學校以前的禮堂，因為曾在裡面鬧過人命，又繪聲繪影常有人在此見過鬼，所以大家都叫它「鬼屋」。

趙班長就住在鬼屋旁邊，一間自己用木板茅草搭成的違章建築。繞過鬼屋，有一間八七水災沒倒的土造柴房，趙班長每天就在裡面用大竈來燒開水，供應全校師生飲用。

「趙班長」，儘管老師要我們叫他趙伯伯，但我們還是習慣叫他趙班長。沒有人知道他到底叫什麼名字？從什麼地方來？年紀有多大？為何一個人住……？只知道當我們入學時，他就是一個個子矮小、頭髮斑白、聲音宏亮卻又口音難懂，脾氣古怪令人看了駭怕的十足怪物。對小孩子而言，簡直是魔鬼的化身。記得外婆在我入學第一天便叮嚀：「到學校一定要乖，聽老師的話，要不然會被趙班長捉去……。」小時候，只要看見他從遠遠的地方來，不管他手上是否提著兩桶冒著煙的滾燙開水，我們必定尖叫吶喊且四處躲避逃竄。

那年，我小學二年級，我們的教室就在柴房旁邊，每天看著他將木柴砍成數塊，扔進竈裡，小柴房通風不良，因此他常喘著出來透透氣。下課前，趙班長提著兩桶開水到辦公室，在校長與每個老師的桌上換好了一杯杯熱開水，其餘開水倒入了補充壺。回到柴房收拾好之後就坐在柴房前的石階上，他總愛看我們玩捉迷藏、跳格子、英雄過關、騎馬打仗，上課了他才又繼續地工作。

有一次，他和往常一樣從辦公室回來，趁我們不注意時將兩個空桶子套蓋在兩位女同學的頭上，把兩個女同學嚇哭了。這像是個導火線，一場戰爭便開始了！

我們成群結隊到柴房門口，像示威者一般，手拿木棍、石頭及彈弓，準備與他決一死戰，他看見我們了，可是不想理會，把頭轉回去燒他的開水，「趙班長！出來！我們跟你拚！」我們齊聲吶喊著「老古董」、「老不死」、「大妖怪」、「大魔鬼」、「你是惡魔黨」、「聾子」、「幹××」，似乎能罵的都罵光了，但趙班長卻真像個聾子。眼見他不理睬，又是石頭又是木棍便扔了過去，然後歡呼逃跑，那次真是爽快極了，簡直跟國父革命成功沒什麼兩樣。

接著，我們還糟蹋了他的菜圃，他將菜圃用竹籬笆圍了起來，我們拿石頭比喻手榴彈來扔。下雨天，我們故意將水引進他的屋子裡……。

這件事很快被老師知道了，冬天雙手高舉掃把，赤著腳丫跪在滿是碎石的操場裡，一輩子也忘不了。「死趙班長！」小小的心靈裡是多麼痛恨他啊！

北風又開始呼嘯了起來，夜裡家家戶戶跟往常一樣很早就緊閉門窗。忽然間「鬼啊！」，「抓鬼啊！」從遠處傳來，很多人拿著木棍跟手電筒便衝了出去。那一夜，真是既恐怖又熱鬧，村長伯坐鎮指揮，展開搜索，連昆叔公都穿起了降妖道袍……。不一會兒一陣驚呼聲傳來「抓到了！抓到了！是趙班長！」一堆人往一處集中，他們從樹叢中拉出了趙班長，於是一陣棍棒、拳打腳踢，罵聲四起，我親眼看到趙班長緊抱肚子、跪伏在地，許久爬不起來……。

自從那一次起，整村子的人議論紛紛，都相信一切的鬼怪都是他搞出來的，而我也從那一次之後，好久都沒見到過趙班長。

後來聽說他被打出了內傷，又企圖喝農藥自殺，被校長發現及時送到醫院。

那年的寒假過得特別快，記得過年爸爸買給我第一雙布鞋穿，開學的第一天，一大早我就拎著新鞋到學校炫耀。看到趙班長了，他仍舊為我們的第一天燒開水，只覺頭髮幾乎全白、眼神呆滯，而且也比從前木訥了。

我總在天剛亮便到學校，看著他穿著木屐、捲著褲管慢慢地彎下腰來打水，然後拖著沉重的步伐走進柴房，空閒時或整理自己的菜圃，或坐在竹藤椅上兩眼無神的發呆。除了校長偶爾跟他打個招呼外，他似乎沒有其他朋友了。

升上了三、四年級之後，我們換了教室，我便很少去注意他了，但有件事卻讓我大大改變。

清楚地記得那是一個星期六的下午，我們在操場上玩棒球，那一球飛得很高很遠，打到了對邊教室的屋頂，然後不偏不倚地掉在趙班長的菜圃裡。我四面探望了一下小心翼翼地爬過籬笆，沒想到整個籬笆竟然倒了下來，他探頭出來，兩眼直瞪，我著實被他的眼光嚇呆了，立刻反身拔腿就跑，出了校門穿過了馬路驚魂未定之際，真沒想到趙班長竟追了出來，我極力想用最快速度，奈何嚇到我腳底發軟，一跤摔在鐵路的邊坡上，四周連個救命的人都沒有。

我知道，這次死定了。

他用炯炯的目光直視著我，笑了，並且把球還給了我。我愣住了，以惶恐的心情從他手中接過球的剎那，第一次感覺他的目光突然變得如此和善，如此仁慈。

同伴們都趕到了，慶幸我平安無事。而我則枯坐草地上，陽光照耀著我的雙眼，那滿載白甘蔗的臺糖紅色火車緩緩從我的眼前駛過，不時發出陣陣低鳴；天邊漸漸渲染成一片金黃。也許，沒有惡魔與鬼怪，有的只是排斥、冷漠、恐懼及誤解!?

終於，我鼓起莫大的勇氣，拜訪了趙班長的「家」。

他正打著赤膊，躺在涼椅上，手搖著芭蕉扇。見到我鬼鬼祟祟，連忙穿上白汗衫，並示意要我進去。那是一個四周用竹子及木板搭建而成的房子，地板用磚塊交錯鋪成，屋頂則是以竹片支撐一束束緊紮的稻草，頂上還設計一塊可透光的玻璃，可惜大部分的光線都幾乎被「鬼屋」綿延而下的藤蔓所佔滿。環顧室內，角落有張床，床邊是個小桌子及吃飯用的木桌，桌上就堆放著碗筷鍋具；右邊有一小窗戶正向他的菜圃，靠牆的是一張可以折疊調整的涼椅，涼椅旁邊放了一台小型收音機，及一個火爐。左邊排有兩塊不曉得從哪邊撿來的破沙發及一個小木櫃，並放了塊小板凳，牆上則釘有一排釘子掛了幾件衣服，最內側掛有一幅發黃的照片。

我凝視著那張發黃的照片，趙班長似乎注意到我的好奇，客氣地倒了杯開水給我，嘴裡不曉得嘀咕些什麼，我沒幾句聽懂，只是一直點頭。

他哈哈大笑了起來，我也笑了。原來他知道我聽不懂，刻意將講話速度放慢並且加點肢體動作，我似乎才明白點他到底說些什麼。

從他難懂濃厚的鄉音中，我漸漸如拼圖般明瞭他的身世。

趙班長從木櫃中拿出了一張地圖，指出了他朝思暮想的家鄉。說他是甘肅隴西人，本名叫趙雲輝，家中五兄弟姊妹排行第二，父親是踏實的佃農，在大陸有結婚並有兩個可愛的女兒。他指著牆上那幅發黃的照片，原來是張全家福，離家前走得匆忙，怎奈從此生離死別，一張老照片成了生命中僅存的寄託。

那時戰爭爆發了，兵慌馬亂，到處都是日本鬼子，他不得不拿起槍桿子保衛自己的國家。他參加了家鄉自組的義勇隊，後來投入陸軍第十三兵團，激昂地用手指在地圖上游移並訴說慘烈戰況。當講到他英勇的事蹟時，驕傲地掀開汗衫及褲管，我清楚地看到幾處明顯受傷過的彈痕，但言談間他感到多麼自豪與光榮啊！

然後，卻又垂喪頭來……。

這一仗，他打了七年。多少弟兄在他的身旁陣亡倒下，多少次的九死一生，怎麼也想不到就此苟活世間、就剩爛命一條。大陸淪陷後，他跟隨他的連長輾轉來台，時任士官長，所以人稱「趙班長」。連長就是幾年前學校的老師，連長走了以後，他就一直留在這個學校充當工友，住在這個地方。幾十年了，望盡了歸鄉路，飽受著命運的乖舛、生命的磨難，語言隔閡造成人情的冷落與歲月的煎熬。而趙班長總是任勞任怨，一直為這學校默默奉獻。他自比一根殘燭，用生命中僅存的油蠟，發揮出最終極的光亮。

也許趙班長忽略了，他所面對的只是個天真無知的農村小孩，不會懂！有些事不是一個當時的小學生能瞭解、能體會。但趙班長的人生是震撼的，他的情操是偉大的，怎麼就如此時不我予地活在這樣的一個年代。面對我這懵懂的傻瓜聽眾，竟一股腦兒宣洩，他回憶起傷心處，有時竟激動地忍不住嗚咽了起來……。

但我始終是懷著一份愧疚的。

有次我在雨後的曬穀場玩耍，踩到濕滑的帆布，一摔昏迷不醒，等有知覺時已躺在醫院。母親除了急著籌錢，還四處求神問卜，深怕有個三長兩短。得知我接近鬼屋找過趙班長，要我喝過三帖的符水解厄，直擔心我卡陰小命難保。

有了叮嚀，我從此沒再找過趙班長。

民國六十四年，先總統蔣公逝世，舉國同悲。只見趙班長披麻帶孝、傷心欲絕……。

那時間及歲月的河啊！怎奈生命竟望穿秋水，似遊魂般的，在絕情的世界與無盡頭的地獄間擺盪！

很快我升上五年級，教室剛好在學校鬼屋對角的最遠距離。我擔任升旗手，常常我發現到趙班長會在遠處對著我微笑。

隨著小學畢業及家境狀況漸好轉，我們搬家了，以後我再也沒有見過趙班長。

聽聞有一個中秋夜，他遭受到一群小孩以水鴛鴦與衝天炮瘋狂攻擊，趙班長不斷歇斯底里地哀號，而他所棲身的茅草屋被燒毀了大半。

幾年前，我曾聽說他染患了重病。

而那天我回到故居，看到的竟然是……

> 那是一個最簡單的出殯，沒有冗長的花車，也沒有親友的弔唁。北風將路兩旁的木麻黃吹得嘎嘎作響，捲起的黃沙弄痛了人的臉，十個抬棺者和四個喇叭手，在陰霾的天色中，配合哀涼曲調，以沉重而肅穆的步伐緩緩前行，慢慢消失在路的盡頭。

塵歸塵，土歸土，趙班長終於得以如願歸鄉了！

而我，不禁潸然淚下……！

（本文寫於多年前，曾載於逢甲專刊）

寫在趙班長之後

在我與非我之間　還留有多少空間
有些信念　要像山一樣　堅定
有些寬恕　該如海那般　包容
如果說　二二八是外省人迫害台灣人
但某種程度　台灣人也欺負了外省人
沒有人願意　有些則是歷史的原罪
假如　經過那麼許多年後　仍然仇恨
假如　傷痕未平是非不明　依舊對立
那麼　政治無法清明　社會不會進步
生命不該拘泥於　層層分化　冤冤相報
進步　最簡單的意思就是　向前走

天堂鳥

傳說中有一種美麗的鳥，叫做「天堂鳥」，牠們堅信在最高最遠的地方有個天堂，為了尋找這個理想的天堂，一生絕少棲止不願停止飛翔。飛得愈高愈遠，愈激發出生命的潛能熱力，羽色愈是璀璨繽紛，在陽光照射下散發出七彩光芒。牠們一直飛，奮力不停地飛，從日出到日落，從冬雪見到春陽；當有一天老了倦了飛不動了，仍會囑咐兒孫們繼續展翅去完成夢想，千萬不要放棄追尋那世代所嚮往的天堂。「天堂鳥」死後墜落在土地上，長出植物開出了絢麗的花朵，像串串的桂冠，帶著翩然榮耀與神采驕傲，就叫「天堂鳥花」。

有個中國寓言故事「愚公移山」，那是在很久以前，有位名叫愚公的老人，他的家門正好面對著兩座大山。由於前山阻隔，與外界往來要繞很遠很遠的路，極為不便。為此，愚公提議全家人齊心合力，共同來搬除屋前的這兩座大山。有位智叟譏笑他：「一大把年紀了，恐怕連山上的一棵樹也撼不動，又怎麼能搬走這兩座山呢？」愚公說：「我的確是活不了多久了。可是，我死了以後還有兒子，兒子又生孫子，這樣子子孫孫生息繁衍下去，是沒有窮盡的。而眼前這山卻是再也不會長高了，只要我們堅持不懈地挖下去，終有一天會剷平的。」愚公堅定的信念與不畏艱難的毅力，最後感動了天神。

人生有夢，有許多的理想，像天堂鳥所嚮往的天堂。而天堂之前所阻隔著的，恰似愚公屋前的大山。

無法拍幾下翅膀就抵達天堂，不可能挖兩天土就能移除大山，但所有的努力都會帶來提昇，甚至激發出生命的熱力光輝。每一滴血汗都會降低阻礙，在困難磨練中強化自己的心志。世間所有的充實、喜樂與價值，都是在進步中獲得。許多的玄妙因果，代代相傳、生生不息，而這就是人生！

以前我常發奇想：「怎麼樣才能翻越入另一個天堂美境？」「怎麼樣才能剷除苦難與貧窮這兩座大山？」現在，漸漸明白了……，天堂在於自我的心境！而能夠移山的天神很難出現，或者說那天神即是自我的堅定信念！

生命的目的在過程，生命的意義在傳承，生命的價值在自我實現。像「天堂鳥」，享受高飛的繽紛，品味墜落的絢麗。如「愚公移山」，多挖一片土多一分迴旋，多搬一塊石則多一分豁達。也許天堂裡滿是那令人驚豔的「天堂鳥花」，每一次花開，皆為風采；而每一個昂然，盡是典範！

考試

突然面對一張考卷，很驚慌是從未見過的題目，怎麼老是我念的不考、考的都是沒準備的。感覺頭暈目眩，腦袋一片空白……

常常我半夜從夢中驚醒，直冒一身冷汗！

有人說：「讀書最樂！」我實在很難體會樂在什麼地方？到底怎麼讀書才會快樂？還是書讀得好才能快樂？「苦盡甘來」幾乎每一個老師都這麼說。若問：「讀書為什麼？」以前我會很誠實地爽快回答：「為了考試！」因為我的求學過程無疑是部考試的辛酸血淚史，是大考小考堆疊的夢魘……

小學時代有一種國語文大會考，同年級的所有學生搬了椅子鋪上墊板到操場蹲著作答，出題老師在司令台上用麥克風逐一念題，約一週後全答對或表現優異者會上台接受表揚，平均則成各班評比。基本上我不害怕，反而躍躍欲試。三、四年級時碰到帶著濃厚外省口音的賀老師，家學淵源之下硬要我們背誦許多唐詩宋詞，月考若考不好他生氣起來卻也顧不得文人風範，喜歡用手刀剁學生的後脖子，罵人豬腦袋裝漿糊。

教九九乘法表隔日老師抽背，凡背錯一個用藤條打手心一下，三天內全班滾瓜爛熟，只是從此我開始怕老師也怕考試。賀老師正巧租房子在我家三合院正對面，我生活上好像受監視般有點不自在。升上五年級賀老師終於搬家了，只不過倒楣的是新搬來對面的正是我五、六年級的導師，也是我們排球隊的教練。他剛退伍年輕氣盛、血氣方剛，教學如治軍，常常在上課時若學生應答沉悶就令全班起立，一個個耳光掃過，那份威嚴延續到下了課，換成我開始注意老師的一舉一動，常常月考前的晚上我故意開著檯燈睡覺，老師還誇我用功，只是考不好還是得挨板子，母親還不時下指示請老師勤管嚴教。

國中就不好混了。記得國一有次月考數學四十二分，第一次覺得對不起含辛茹苦的父母，跪在他們的面前懺悔。後來亂七八糟的成績竟還是被編入好班，嚴師出高徒，鐵杵可以磨成繡花針。愛的教育在那個時代即是鐵的紀律，一根教鞭出乾坤，學業自此突飛猛進，簡直一日千里……。只是愈來愈害怕考試，常晚上累了先睡，原先預計的凌晨四點沒有醒來，慌張失措、雞飛狗跳。我知道貪睡的結果，面對這慘淡一天，如果不是很僥倖，就是必需要很堅強、很勇敢。慢慢地我習慣且麻木了考試，因應大考、小考、抽考、隨堂考，每一科讀過不僅一本的參考書，熟悉各式各樣的題型，見到題目可以很快直接反應，簡直成考試機器。所有的快樂與不快樂，建築在發回考卷的右上角。經過了那一段，才曉得什麼叫千錘百鍊！

考完高中，我將堆積如山的考卷，像洩憤般把它用一把火給燒了。

高中終於海闊天空，但還是懼怕考試。原因是不習慣太自由沒人管，每次考試都是臨時抱佛腳，一開始沒問題，只是愈來愈吃力。當時凡學年三科不及格就留級，升高三那年非常恐怖竟留級了近百人。高中生活除了樂在社團參與，飛揚的青春總受束縛壓抑，功課方面我一直悲慘地在及格邊緣奮鬥。覺悟開竅太晚，直到母親告訴我考不上大學沒錢補習、不得重考必須去工作，才驚覺自己已無退路。曾經，聯考前最後六十天我用超人的決心與意志，過非人的生活……

吊車尾上大學，系上許多同學鬱卒而我卻快樂，感覺如釋重負，享受多姿多采的大學生活。雖社團玩得很兇，讀書簡直是副業，但課業要六十分 pass 對我來說不難，只是基本上我仍是懼怕考試的，內心深處我餘悸猶存。畢業之前特別去考汽車駕照，像仇家恩怨，我總想與考試作一個最後的了結，希望走出了校門後可以狂放笑傲，從此不再有惱人的考試。

但事與願違，考試一直存在，簡直是如影隨行、陰魂不散！

當兵有體能測驗、師旅對抗，出了社會應徵面試是公司用人的考試，戀愛是男女雙方感情的考試，結婚則是恩愛互信的考試，生養小孩又是煩勞付出的考試；上班要面對上司的考試，買房子要經過貸款的考試；生意是機關算盡的考試，商場上是爾虞我詐的考試；爭取訂單是客戶對產品及服務的考試，創業則是汰弱留強的考試，金融風暴是理財支債的考試；而友誼是真誠情義的考試，連生存都是物競天擇的考試……。

即使我們不想面對，像駝鳥般把頭埋了起來，仍然無法擺脫與逃避。

其實人生從未曾間斷考試，同樣大考、小考、抽考、隨堂考，只是有形與無形罷了。小時候寫相同的考卷，長大後各人面對不同的試題；學生時關心的成績，置換為出社會後在意的成就。考不好一樣可能得付出代價，非昔日皮肉痛，也不一定可以補考或重修，就怕後悔莫及甚至千古空餘恨。同樣考後會檢討，偶爾我們也會怪考題，像埋怨人生的命運和際遇。

人生沒有十全十美，不可能一百分。每個人考卷題目難易不同，且作答的限制時間與條件不一樣，難有標準可以打分數。但我想，不管好成績或大成就，真正能通過考試的，除了沉穩與智慧，終究還是靠那千錘百鍊、日積月累的實力！

考卷發下的同時，真的準備好了嗎？是不是有足夠的信心解題作答？

不管考幾分，最重要的是凡事無怨無悔、盡心盡力；都身經百戰了，面對未來考試該早已學會從容作答，畢竟這也是人生的功課，要用平常心並且快樂做自己！

生命不就是張大考卷？題目很多有的很煩很難，我們用畢生謹慎解題、認真作答……。至於分數？——在我們閉上眼睛的剎那，早已了然於心。

給爾祥爾玄

曾經有一段話讓我頓悟清醒，只因為你是我兒子所以才一直深怕來不及地想要告訴你：

「登天有術，求知靠書，學求致用，貴乎爛熟；必存僥倖，終必受辱，奔向勝利，全賴苦讀！」

「學海無涯勤是岸，青雲有路志為梯」

生命中總要有那麼一段苦澀與辛勞，讓人老了可以回味而不後悔。（必要時自己加一點快樂）

如果播種是為了收割，那麼過程等於決定了機會，甚至成敗！

「犧牲享受，享受犧牲」，成功難有僥倖，取決於你的意志、你的堅持、你的奮鬥，以及你的態度！

老爸 明德 於 Mar.29,2003

柬埔寨小女孩

古城吳哥，遺跡莊嚴凜然，
強盛輝煌中隱忍著滄桑的回眸；
印證奇蹟，信仰著亙古傳說，
眾神為取長生不死的甘露，攪動乳海……。
翻騰了千年之後，乳海攪乾了，
七頭巨蛇兩端永無止境地拉扯，善與惡皆不甘休。
一抹微笑，而苦難依舊。
幻化的萬物，歷經幾代的枯榮，
期待大鵬金鳥展翅、吉祥天女顯靈……，
維護眾生的毗濕奴神殿，磚造浮雕早已斑駁。
荳蔻寺（Prasat Kravan）外，陽光照臨著大地，
靦腆的乞憐，無助的眼神，
一個叫賣的小女孩渴望在幽暗的角落。
不可置信的時空，莫能預知的未來，難以想像的世界。
阿修羅道上，幾番輪迴？
我沉默……。

「全然」的感覺

現在社會存在了過度的虛偽，不但看不清楚別人，甚至忘記自我。身上穿的，腳下踩的，手上提的都是名牌～除了自己。荒唐的像個不入流的商品包裹出富麗，現代人極力修飾自己但總是少了提昇個人專有而獨特的內涵，到處充滿假象與幻象，在意了他人眼光，終將失去了獨特的自己！

有人說：需要名牌是表示對自己缺乏信心……

但我想，做為一個人其實不必過度包裝，應該要有他「全然」的感覺！

唱起歌來，五音不全，念起英文，荒腔走調，都不會妨害我們做為「全然」的自我……。我們不需要把自己放在別人的秤頭上比較，那是對生命的戕害；在殘缺的生命觀裡，我們常會問自己的能力與人相較為何？我們也常會問自己的地位是不是比人高？我們渴望他人悅納！在這殘缺的生命理念裡，我們委委屈屈地活著，像個小媳婦一般；我們把世相的實體荒謬地引他人為鑑，使自我僅僅存在於他人眼中反射出來的鏡中我，覺得總要有人倚靠，覺得總要有人注目，而竟放著「全然獨特」的自我埋藏在一生的苦楚中度過！

熱烈歡迎回到自我，讓那種歸來的感覺，像回到家那麼樣溫馨與自在。

那正是「全然」的感覺。

奮力向前～～寫我的母親

白雲藍天！一個陽光燦爛的冬季午後，空氣中瀰漫穀物豐收的稻草香，農村進入休耕期的田野，四處冒著燃燒過後的縷縷白煙。蜿蜒的道路上，身材嬌小的母親拉著一輛滿載著甘蔗葉的「犛阿嘎」（農用兩輪人力拉車），不容易平衡以致前進時上下晃動搖擺，好巧不巧車輪卡在臺糖火車行走的鐵軌上，瘦弱無力的小孩在後面咬牙使勁地往前推，赤腳抵住了充斥著碎石的柏油路面隱隱作痛。母親不忍地說：「傻孩子，要先後退再往前衝！」同聲數：「一、二、三！」幾番努力後，終於成功了。衝過了那條隆起的鐵道平行線，感覺到一股恍然忽至的幸福。只見母子倆歡欣雀躍，一路上歪歪斜斜、氣喘吁吁……。

這是我印象中深刻的一幕，時間是民國六十一年（一九七二）的年底，當時我小學二年級。連帶著那白甘蔗葉在手臂割出的條條血痕，與腳底的酸痲痛楚，一同收藏到兒時的記憶裡。

「犛阿嘎」是好不容易向人借的，通常母親會拿著扁擔自己挑。而撿來的甘蔗葉待再次曬乾綑綁後，即成為家裡燒爐灶的柴火，小孩子們喜歡擠在大竈前取暖，看著一束束甘蔗葉化成熊熊烈焰，母親則利用它來做菜、煮飯、燒開水……。

我的母親，生在貧困的農村、物資缺乏的環境、以及劇烈變動的年代。她常自嘲從小沒飯吃，先天營養不良所以「五短身材」。面容慈祥和藹，但帶著一股剛毅、不服輸，眼神裡透出了對生命的執著與堅韌。對於我而言，她是龐然大樹，一棵既能夠支撐又可以依靠的大樹。

「舉頭三尺有神明！」、「人在做，天在看！」是她生命的信仰，也是她終生奉行的圭臬。母親從這當中活出了態度，發揮了境界。尤其在困頓中，這信仰可以增添勇氣、使人堅強，並賜給人無比的力量。

母親常說她是菜籽命，自己無從選擇，只能在命運的風中隨遇而安。在民國廿九年當時重男輕女的時代，母親是家裡連續的第三個女兒，外公期望她担起一切，將她取名「葉担」，後來果然担出了五個男丁。只是米缸裡的米不夠，家裡人口愈多則愈難以溫飽。

不管是日本統治，或是後來的國民政府，對於貧窮的小老百姓實際上並無差別，都難在有一餐沒一餐的日子。母親因為家貧無法上學讀書，自幼要協助照顧幾個弟弟，未滿十二歲就去工廠當童工貼補家用，受盡壓榨一天只賺兩塊錢。為求較好的收入貼補家用，經人介紹，十四歲那年便離鄉背井到台北當幫傭。每當受委屈或想家的時候，不識字的她連寫封信都不會，從小日子過得格外辛苦。

突然生了一場重病，雇主托人將她送回家鄉彰化和美。請了幾位鎮上的醫生診治卻藥石罔效。沒錢送大醫院治療，外婆急得只能求神問卜，說黑白無常半夜十二點會來，屆時千萬別讓她睡著。外公外婆流淚呼喚吶喊，氣息奄奄的母親半昏迷地熬過那一夜的生死關頭……。

奇蹟般活了下來，休養一段時日後終有起色，改去學裁縫，那年母親十八歲。又遭逢危害中台最大的八七水災，村莊近大肚溪畔受創慘重。真可謂「屋漏偏逢連夜雨」，原本已夠貧困，這下連住的房子也全倒了。為了謀生，只得再度遠赴台北，當時有工就做有錢就賺，一有積蓄就寄回家，自己則極度省吃儉用，這樣的苦日子一熬就是三年多。

母親廿二歲時回鄉，媒妁之言嫁給了同村莊且同樣貧窮的父親。母親笑說結婚時只有一個臉盆與兩條毛巾，可憐沒地方住只能寄人籬下，一無所有的日子非常辛苦。光靠打零工入不敷出、三餐不繼，四處借錢很快就負債累累。

民國五十二年，大姊出生後委由外婆照顧，為圖將來，決定一起北上奮鬥，母親進紡織廠當女工，為了多賺點獎金總是力拚全工廠的第一名。夫妻倆一星期才能見一次面，每次在工廠門口相見都是淚流滿面，想到悲慘的人生，想到放在娘家剛出生的女兒，想到前路難行以及茫茫的未來……，不知情的同事總會嘲笑她特別愛哭。後來由於祖父過世，才毅然返回故鄉和美。

父親學蓋房子成了泥水匠，於民國五十四年自己蓋了一間磚造小屋，一家人有了遮風避雨的棲身之所，只是當然也少不了借貸。母親常說：「沒錢難有骨氣，借錢讓人看不起。」當時二伯較寬裕，我們屋子的電燈從他家拉電線，一次因為繳不出該分攤的四十元電費，雖是親兄弟仍剪斷電線，還外加一句「窮鬼」。

低聲下氣向人開口借錢，其中人情的冷暖與箇中滋味，母親一輩子永難忘懷並且刻骨銘心。有一次借不到錢，對方回了句「虱子扒沙」，回到家請教外婆後才知道這是極度拐彎抹角的嘲諷。小時候我曾親眼目睹母親早上剛向人借了兩百塊錢，中午就馬上被討了回去。

並非不夠勤勞，也不是不努力，而實在是收入所得有限，偏偏孩子一個個陸續出世，生活上無時無刻要用到錢。母親想盡辦法開源節流並省吃儉用，好不容易快要還清欠債，無奈總是天不從人願。父親一次嚴重胃出血，醫生說情況緊急要立即開刀，為了保證金急得母親又逢人掉淚四處籌錢，誠心地跪倒在媽祖婆的面前，祈求廟裡的眾神施恩保佑。

前路艱難，烏雲罩頂，或者該說早已風狂雨驟、雷電交加，但一切現實的砥礪並沒有讓母親悲觀，能走一步算一步。即使是腳步小小的往前挪移，在坎坷的環境，在艱困的世道，都需要極大的努力與勇氣。

扶養兩男三女五個小孩，生活的壓力與負擔極為沉重。母親的手似乎一刻也沒停過，製作與修改衣服、幫人作月子煮飯洗衣兼帶小孩、進紡織廠工作及農務派遣點工……。另外，幾乎從未間斷地做過許多家庭手工，不時為了多賺點錢而忙到三更半夜……。

直到民國六十年（一九七一）以後，台灣中部漸由農業轉向工業，提供了較多的工作機會。尤其和美地區有許多人開紡織廠。父親當了泥水工頭，每天帶領一班人蓋房子。把信念糊上一層層的水泥，將日子用紅磚一塊塊堆砌。而母親除了相夫教子刻苦持家，把握住機會更加拚命努力賺錢。可是在民國六十四年（一九七五）夏天還是累出病來，內出血緊急送到彰化市的醫院手術，清楚記得我們五個兄弟姊妹無助地哭成一團，全家陷入了愁雲慘霧。

感謝神明庇佑、老天爺關照，漸漸我們的生活有了起色，至少不必再借錢，慢慢自己也開始可以有積蓄。而父親為人誠懇實在，蓋出的房子有了信譽，許多人紛紛請他蓋住宅及廠房，全家的經濟情況這才有了明顯的改善。

母親認為沒讀書是她此生最大的遺憾，難忘不識字所帶來的困窘與嘲弄，因此無論自己怎樣辛苦，都希望供應她的孩子讀書。不僅是個慈母，更扮演著嚴父的角色，時常關心督促著每個孩子的功課。我們家無恆產，母親明白讀書才能擺脫貧窮，進而改變一切；也堅信唯有讀書，才能在競爭的社會中安身立命、出人頭地。

母親認為借錢欠債是她此生最大的不得已，難忘向現實低頭所烙印心中的種種恥辱。她再三告誡子孫要「人窮志不窮」，除非到了生死關頭，否則不要輕易向人伸手。母親也非常感念在最困難的時候，曾經幫助過我們家的一些貴人，不一定是金錢，有時候是善意與關懷。「有量才有福」，母親要我們永遠感恩牢記，並且希望只要我們有能力也一定要幫助別人。

民國六十九年（一九八〇），像雲開霧散露出曙光。所住的屋子一家七口漸擠不下，於是決定貸款買了一棟三層樓的透天厝。有樓梯的房子簡直像作夢一般，雖然是另一種挑戰，但有盡責的母親打理盤算，也總算是塵埃落定、苦盡甘來。而母親實在窮怕了，仍然勤儉持家，並繼續地做她的家庭手工。母親說：「多存點錢勝過欠人」，「積少才能成多」，並要我們時刻不忘苦日子。

而後來，孩子的成長伴隨著母親的牽掛，幾個子女陸續完成學業，有了穩定的工作並結婚成家。結果母親還是不得清閒，接連帶了幾個孫子，每天忙著奶粉尿布、哄騙睡覺、安撫哭啼。

母親總共有了十一個內外孫，雖然日子稱不上富裕，但子女乖巧孝順，大家安居樂業，生活過得和樂融融。回首前塵，由苦難堆疊而成的歡樂，與辛勞之後洋溢的幸福，那種安定與欣慰，母親已經很滿意知足。現在只要三代大夥人相聚，笑聲不斷、熱鬧滾滾，生命像由枯寂轉而繁華，也算是這世界上最快樂的事了！

「怕苦會更苦！」，「吃得苦中苦，方為人上人！」母親以自己一生身體力行。並從小告誡要我們「走正路，做個有用的人」，「遠離貧窮，自強立足，不要讓人看輕」。她總會用簡單的道理體悟她的人生，並以她悲慘的經驗來提醒教育懵懂的孩子，有時候我們叛逆不受教，母親生氣會要我們庭前罰跪望天反省，或用藤條竹枝來鞭打不聽話的不孝子，然後暗自啜泣。她認為：「可以窮，不能懶；可以生憨子，不能出歹子。」

而多年來，母親含辛茹苦，守護帶領著我們。發現他的心願其實很簡單：要我們過得比她好！她不想要那種貧窮與那樣的苦日子，再讓下一代繼續去承受。不一定要賺大錢，而是希望她的孩子在社會上可以：頂天立地、抬頭挺胸！

母親說：「風雨很大，而天很黑，每個人都會害怕。但只要你熬得過，風雨會停，而再黑的天終究會亮起來！」又說：「天下沒有闖不過的難關！路好走，我們跨大步；路不好走，我們踏小步。遇到路不能走，仍然要設法：奮力向前！」

是啊！想到母親的諄諄教誨，生命是一種態度，前程豁然明亮！多少的風雨中、寒夜裡，只單純期盼白雲藍天！一個陽光燦爛的白雲藍天！

突然腦海又浮現與母親推拉著「犛阿嘎」的畫面……。當年的那個小孩已經長大，而母親老了。

經過這幾十年，無論路途多麼艱難，母親總是含淚帶領著我們向前。慶幸平安地衝過了鐵軌般隆起的那條線。只是看見母親逐漸花白的頭髮，感傷地令我回憶起那一束束枯槁的甘蔗葉；我深刻體會那歲月刻劃在母親臉上的，彷彿負荷過重的「犛阿嘎」壓過困頓人生所留下的泥記胎痕，而每一條皺紋，都是堅忍。長大後，終於明白所有的光與熱都來自於犧牲；知道那養我育我的每一粒米飯所散發出的芬芳，叫做母愛。

幾年前，我特別帶母親試圖探詢於民國五十二年（一九六三）當時她工作與時常落淚的紡織廠，大約在台北市蘭州街靠近民權西路一帶，只是人事已非，而工廠僅剩傳說……。

許久才能回去看她一次，噓寒問暖之外，發覺牆上月曆做記號的是什麼時候該看醫生，而櫃子上抽屜裡則是愈來愈多的藥袋……。

二〇〇九年底，我們幫她做七十歲生日，兒孫齊聚滿堂，還邀請阿姨舅舅們的全家族一起團圓，看到了母親的欣慰與感動。整整辛苦了一輩子，那是該得的幸福！

爲人子女對母親有無盡的感激與祝福，雖然許多片段我文采有限很難描述，畢竟安逸的筆寫不出眞實的苦。願誠然記錄這段往事，並時刻提醒自己：勿忘母恩！

民國九十九年五月五日寫於台北

1962 年

2010 年

大學生

如　大學飼我以金殼的知識
我便永不再嚮往藍天的振翼
如　鐘聲不意味徹悟
只意味換教室的奔波
如　書本不加深智慧　只加厚玻璃鏡片
則　方帽　亦只表示裝飾　而不表示責任

這是作家張曉風二十幾年前的句子，深深烙印在腦海只因為曾經帶給我生命思索與心靈震撼。

以前的大學生經過大學聯考窄門篩選考驗，以社會中堅、知識份子自詡，雖隱約帶著一點高傲，但總明白自己的責任，肩負著某種程度的使命。大學生有大學生的作為及言行，尤其成功嶺的磨練洗禮，人格的養成與轉變像去蕪存菁、脫胎換骨。

無疑，大學生是自我要求的品質。如出廠檢驗，像合格標章。

通常如果做了壞事，外界不免會再酸上一句：「竟然是個大學生！」大家深深為恥，並相與榮辱。

有責任與使命感就不會肆意妄為，無形中潛移默化。知識是一種風骨，知識是一種力量！

曾幾何時，每個人都可以念大學，到處都是大學生。當成長少了競爭，其實只是留待社會去淘汰，有時看似教育的良善反而促成現實的殘酷；學習過程少了使命與承擔，終究轉化不掉還是會回頭變成負荷。

或許我們很會讀書考試，但是卻很難覺醒。

大學生失去了品質，學問裡沒有了風範，方帽真的只剩裝飾！

夕陽工業

海潮退去，赤足走在伸港蚵寮與什股的海灘，招潮蟹深怕危險地保持距離恰好形成一個巧妙可移動的圓形。無垠的海岸線，平坦沙灘可以走得很遠很遠，養蚵人家利用牛車可深入蚵田。小孩子們則快樂地追逐奔馳出水花，天真的將淺淺的海灘當作一望無際的青海大草原，夕陽將天空與所有景物都渲染成了金黃色……。

堤防不遠處有一片荒廢的廠房，是黃澄澄美景中唯一的礙眼！

那是一段歷史，如果沒有人提起，它已漸漸被遺忘……

一九九〇年工商時報與經濟日報出現斗大的標題「紡織不是夕陽工業」，三豐許董誇下豪語並擬投資約十億設立巧紡公司，想成為中部紡織業最大，並證明紡織不是夕陽工業。原和美三豐紡織是我的客戶，理所當然巧紡亦由我負責染料的推展。只是讓我納悶的為什麼新廠不在工業區內而選擇蓋在伸港的海邊，染整作業中水質是最重要的，而染後廢水處理更是重要的一環，但見許董信誓旦旦說染色用水全經最新離子交換樹脂處理，各式浸染高低溫染色機、連續壓染機、印花機、定型機、全自動展布機……等等全買自德國與日本，且自詡廢水處理排放標準將成業界典範！

打從奠基開始，到一落落接踵的雄偉廠房完成，進口機器陸續裝機運轉，巧紡展現的企圖心越來越大了，三豐只不過是和美鎮的小紡織廠，巧紡則佔地數甲且生產量驚人。大動作令人睜大眼睛密切關注，但終究還是錯估形勢。水質不佳與當地鹹鹹的海風成為技術上最大的挑戰，即使請來日本技師與到處同業挖角，替換過各式各樣染料助劑，現場生產上仍然問題重重。

最要命的是廢水的污染，竟挺而走險偷埋了暗管將廢水排放出海，但事情總是遲早會爆發。有一天下大雨，暗管破損地下水滲出到地面上，被居民發現巧紡並未處理廢水，蚵寮人曾關切建議過他們要處理廢水，才不會影響生態。由於廢水污染發現海中的貝類（如蚵仔，西施貝）受到染料殘留及重金屬污染變成綠色的，尤其污染蚵田甚劇，村民憤憤難平，但已造成的生態破壞難以彌補。

後來竟發現巧紡當初申請的營業項目是紡紗織布，但私底下卻主要從事漂染工作，而且違規申請用電，裡面包藏著複雜的政商關係，申請的工業用地大約一甲地，但不斷的擴建超出其使用權限到達三甲多的地，因此算是違法的工廠。於是居民決定採取行動，居民將廢水送到環保署檢驗，環保署卻說水並沒有毒，居民還曾以錄影帶為證，請環保署來處理，但卻遲遲等不到環保署出面。當地居民決定自立自強，大家一起出動將巧紡圍起來，並用水泥封住其出水口。也告知了彰化縣政府，縣政府派員實地勘查，發現確實污染情況嚴重，就斷他們的電，又因其違規營業與民怨沸騰，所以只維持營運一年多的壽命，就被迫歇業。

巧紡倒了，連三豐也沒了！曾經是偉大的理想如今變成一堆廢墟……！

夕陽西下，欣賞過片刻燦爛，該收拾落日餘暉，洗洗沾染的泥沙。

潮水將至，而黑夜終臨！

明德 FEB. 26. 2008

襯托

天黑了，星星才會亮起來。

遇到一位裱畫師，後來成了好朋友。第一次拿幾幅字畫去他店裡裱褙，我想選用較華麗的綾布及外框。他看了看後搖搖頭表示不適宜，並告訴我裝裱的目的是要設法讓字畫更好看，而不是去爭搶字畫的風采。是啊，我恍然大悟！若非他提醒，我都差點把這道理給忘了。字畫才是主角，裝裱只為襯托。

小時候常玩一種紙片遊戲，一個紳士與一個淑女，我們可以任意幫他們套上各式的衣服、帽子及鞋子。類似不同穿著的角色轉換扮演，這其實與我們不同場合該穿什麼衣服、拿什麼包、化什麼妝的道理是一樣，有意無意間我們都活在襯托與被襯托。

我們能夠欣賞一泓平靜優美的湖水，倒映雲影令人心曠神怡，必然有藍天遠山綠樹的襯托。高山之下必有深谷，江河在曲折中流淌，悠遠前路千里遙迢，荒野沙漠一望無際，雲伴夕陽、眾星拱月……，都離不出襯托。

鑽戒在閃亮的鑽石旁常會鑲著幾顆小寶石，美味的牛排旁則會放點青菜玉米或灑上些蘿勒，悠揚的歌聲配合著輕音樂伴奏，最好聽的合唱必然高低音和諧共鳴，琴與弦、鼓與鑼……，既相得益彰也互為襯托。

紅花因為有綠葉陪襯才更顯得艷麗，所以俗話說：「牡丹花再美，也要綠葉相伴。」黑人牙膏能夠歷久不衰，也許是因為商品名稱取得好，利用黑人的黑來襯托牙齒的白。好聽的歌曲通常先安排一段前奏引導入聆聽的情境，任何動人的旋律都須持別的氣氛營造。電影中常用急促的呼吸及腳步聲襯托緊張驚恐的情緒，利用遠方的狗吠或打更聲來襯托出深夜的寧靜。畫圖時近物用遠景襯托，空間用光影襯托。寫作則常會用好與壞、善與惡、貧與富、苦與樂、笑與淚……等互為對比襯托。

以前在大學社團我須安排上台講課，找了許多美術設計叢書想透徹色彩學，卻在極為理論的色相、色度、彩度之間徬徨，感覺枯燥乏味。後來只興趣於色彩心理，遂拿各色色板與大家一起探討視覺感受，尋出顏色的諧調、互補與對比，簡單講就是顏色與顏色間彼此的作用及襯托。如此上起課來就生動有趣多了，記得當時一張「法外情」電影的宣傳海報就夠我們討論許久。

廣告設計說穿了就是先想好要表達目的及訴求主題，透過設計來吸引視線目光，用對比襯托手法聚焦，讓人看了足以引發某些欲望或迴響。所以製作一張海報的好或不好由一開始用什麼底色的海報紙決定，亦即從能否觸動人心來決定，而這成功與否的關鍵正是襯托！

學生時代我曾寫下：「生命即色彩，美工即人生。」其實人生真是如此，決定我們成為怎樣的人，正是因為我們內在的思想性格以及外在的一切的言行舉止，換句話說，都受所處周遭人物與不同環境的影響襯托。

常到東南亞，緯度的關係天氣炎熱長年如夏，居民輕薄衣物已足夠。餓了海濱扁舟撒網就有魚吃，每天早上起床太陽都一個樣，日子周而復始缺乏變化怎能不樂天逍遙。反之，住在寒帶的人生活上就必須與惡劣環境搏鬥，要儲積糧食並備禦寒皮裘，每天都要奮鬥才能生存所以能夠刻苦堅忍。而生活在四季分明且物產富庶的人們最幸福，「春有百花秋有月，夏有涼風冬有雪。」所以容易見景生情、多愁善感，並且文思泉湧、想法豐富，如此而能留下許多不朽的詩歌及雋永的故事。

許多襯托，一直存在潛移默化中，只是我們不容易察覺！

名作家張秀亞曾在她的「牧羊女」一書中有段話寫得很好：「人生有苦難，卻也有它的美麗，苦難是用來陪襯的。好像我們寫生一瓶春花時在瓶後懸著一塊暗色的布幔，造物者安排上這幅布幔，目的是要你欣賞花的顏色。」

是啊！人生所歷經的逆境及挫折，正是那生命的底板，而它所映出的喜悅及圓滿，不就是世間最美妙也最可貴的襯托。

莊生夢蝶

無悔的青春

喜歡以前的學生時代，傻裏傻氣的好單純。也因為單純，延續下來的故事很美……許多人難忘初戀，那情竇初開像清晨的露水般感覺剔透冰涼，帶著既悲愴又喜悅的靜謐。教人難忘的原因，是多半最後沒有修成正果。而其實有時候只能定義為單戀，但卻一點也不影響愛情的本質，非纏綿如膠似漆，而是淡淡情懷的遙寄相思。

感動肺腑的故事有許多是真實的，化作了詩，譜成了曲。以前凡參加「救國團」活動泛稱「魯拉拉」，許多歌曲傳唱也接續而成校園民歌。曾經手指破皮成繭，我用兩個月的時間苦練吉他，僅七個和弦便上台帶唱，無助可以給人勇氣，也許那笑中帶淚、噓聲掌聲交雜的，正是青春！

♪ 繫

飄過仲夏的山林　我是一片不破的雲
劃過子夜的天宇　我是一顆流浪的星
你在燭光裡　為何眼波那樣晶瑩

輕輕粼盪著　旖態一般地輕盈
來自萬有中的虛無　我要飛向永恆去
也想拋卻你的影子　沉澱在河漢裡
你是夜霧　你是朝陽　你是燃燒冷漠的春光
當我墜落茫茫星海　你是我唯一的方向

阿海是我的同學，也是同寢室的室友。在一個炎熱的暑假裡，他興致勃勃邀我一起參加救國團的自強活動，不想掃他的興，便一同報名了。那天到了台中車站集合，阿海對我說：「等一下報到時，我倆不要排在一塊，這樣就不會同組了。」我納悶地問他為何不要在同一組，他巧妙回答說：「這樣兩個人認識的女孩子才會多。」極其驚訝也真佩服他的聰明才智，就這樣果真我們倆被分配的組別差得很遠。阿海滿心期待，他說這次他要尋找生命中的「露莎蘭」。

♪ 露莎蘭

我徘徊在海之濱　山之巔　越此城鎮　越彼鄉園
我心將碎　淚之泉也將枯乾
全為了妳為了妳露莎蘭
疲倦雙手　彈著低調　歸來吧　歸來吧　露莎蘭

頭一天就在繁忙的報到、編組、自我介紹及漫長的搭車中度過了。隔天一大早阿海很興奮地跑來跟我講他組裡面有一位女孩令他十分的心儀。我很替他高興，並對他說：「愛情的門往往只敲一次。」要他好好把握。非常佩服阿海，追女孩子只要他一旦設定目標，以他的用心積極大概少有漏網。後來只要有機會，他都會跑來跟我報告他跟她的事，當然我也免不了要說一兩句鼓勵的話。他仍不忘關心我，要我加油，只是我無奈搖搖頭。愛情對我而言如夢似幻，一切隨緣，可遇不可求。

♪夢與詩

醉過方知酒濃　愛過才知情重
你不會作我的詩　我的詩
就如我不能作你的夢　你的夢

在谷關安排了一系列驚心動魄的活動，有的靠體力，有的要智慧，而有的需要團隊合作。當我通過高索突擊吊橋後，順手穩住繩索幫了一位別組的女孩子。她向我點頭表示感謝，她說：「真是好險！」我說：「很刺激！」兩個眼神交會，剎那間一抹微笑像愛神的箭瞬間就射中我

身上了。汗水與塵土遮掩不住她秀麗的臉龐，心裡驚覺一陣小鹿亂跳。

♪ 感覺

在清晨的招呼裡　清清淡淡純純
親愛的　妳就是這種韻律
在豔陽的笑聲中　亮亮麗麗稠稠
親愛的　妳就是這種節奏
在黃昏的跫音裡　寂寂寞寞離離
親愛的　妳就是這種魅力
在午夜的夢語中　低低沉沉默默
親愛的　妳就是這種清愁
在落雨的日子裡　撐開一把小傘
親愛的　妳就是淋漓雨季
在起風的日子裡　披上醉人紅衣
親愛的　妳就是這種涼意
在歡笑中　在落淚裡　在整個有妳的記憶
都是我莫名的歡喜　我莫名的歡喜

後來不知是巧合，還是彼此間的吸引力，我們倆在活動過程中常會

碰在一塊。營火晚會的環繞圈圈將我們推到一起，摸黑的夜遊活動中還會微笑巧遇。俗語說：「一回生，二回熟。」我發現她長得真是楚楚動人，而且跟我很投緣，就這樣鬱積多年的少男情懷，終於……。

♪ 愛情

若我說　我愛妳　這就是欺騙了妳
若我說　我不愛妳　這又違背我心意
昨夜我想了一整夜　今宵又難把妳忘記
總是不能忘呀　不能忘記妳　不能忘記妳
這就是愛情　難道這就是愛情

活動的最後一天，快要互道別離時，她偷偷送我一塊糖果，並且告訴我她的小名，我也答應她等下次見面時，我才要把糖果吃掉。彼此深情互望了一眼，內心似千言萬語。我給了她掛在我胸前的名牌，並隨手摘了朵粉紅色的小花放在她的手心。

♪ 花戒指

你可曾聽說嗎　那戒指花
春天開在山崖　人人喜歡它
有情人攀登山崖　摘了花來到樹下

編成戒指送給她　就像告訴她　愛她
你可曾聽說嗎　那戒指花
少女們珍藏著它　愛它的無價
有心人遍野尋它　象徵著愛情的花
這戒指花代傳情話　就是告訴她　愛她

大夥兒帶著依依不捨踏上歸途，回程到台中，在快要解散的時候，我問阿海令他心儀的女孩是哪位？他望了望，得意的用手一指，我張大了眼睛，整個人楞住了。怎—麼—會—是—她—呢？我口中唸唸有詞。阿海見我表情怪異，問我是不是認識她，我連忙說：「不認識，不認識。」

♪陽關疊

水袖　水袖　引我到陽關口
就怕東風吹瘦　出不了城樓
樓城　樓城　歸雁替我點燈
馬蹄　馬蹄　送你出陽關西
想追又追不及　留只留宴席
席宴　席宴　數妳酡紅的臉

是啊！天下沒有不散的宴席，相聚之後總要別離。回到學校後，心

裡老是惦記著她。本想寫信給她的，但看見阿海每天魂不守舍用情至深，如果背著阿海寫信給她，實在不是朋友應有的行為。雖然浪蕩情懷，但也要維持正人君子。唉！「明知相思苦，偏又苦相思」，最後實在是忍不住了，只好把「愛情是自私的」這句名言當作擋箭牌，鼓起勇氣到公用電話亭撥電話給她。但當電話那頭嘟、嘟……的響時，腦裡突然浮現阿海恐怖猙獰的面貌，並且嘴裡斥責「朋友妻不可欺」的話，所以我又急忙地把電話給掛了。最後在百般慌亂、猶豫不決、手足無措的時候，她終於先寫信給我了。這真是昧著良心道義，可以寫信給她的最好理由。

♪ 偶然

偶然　就是那麼偶然
讓我們並肩坐在一起　唱一首我們的歌
縱然不能長相聚　也要長相憶
天涯海角　不能忘記　我倆的小秘密
為什麼　忘不了妳　為什麼　惦記著妳
多少的時光溜走　多少的記憶在心底
妳悄悄的來　又悄悄的走

留給我的　只是一串串朦朧的回憶

就在往返幾封信之後，漫長的暑假也結束了。那時阿海一樣跟我住同一宿舍，在酷熱睡不著的夜晚，阿海總是會跟我聊到自強活動時之種種，以及提到他和她的事。每當他極其失望嘀咕為何她還不回信時，我總是不安的想要把事情的真相告訴他，但卻又怕傷了他的心及彼此間的友誼，所以只好作罷。

♬背影

記得我倆初見的時候　也就是在那落葉的黃昏裡
那一天　妳穿紅色衣裳　徘徊在那裡　不知等誰
到如今，難忘的背影，希望能有相見的一天
到如今，難忘的背影，希望能有相見的一天

有一次很不巧，阿海在信箱拿到她寄給我的信。當他要交給我時，他似乎突然想到什麼事，他迅速地把抽屜裡的通訊錄拿出，並且核對手上的信。驚慌地轉頭用一種急促的語調說：「這是不是ＸＸＸ寫給你的？」我頭低低的像做錯事的孩子似的回答：「不知道。」，「好！不知道你打開信，讓我看署名就知道是誰了。」阿海說完就把信交給我要我拆開。我雙手顫抖並且渾身冒冷汗，並擔心阿海禁不起晴天霹靂的打擊。當我把信打開準備接受他的苛責嘲笑時，他看了署名卻搖搖頭，並詫異的說道：「這怎麼可能，這世界這麼巧，兩個人會住在一起。」還好！阿海不知道她的小名，不然這下可慘了！就這樣阿海被我連哄帶騙一直隱瞞。

♬ 在風中消逝

在風中消逝　在雨中褪色
也許經過無數　然而終歸沉寂
喔　朋友請你不要沉迷過去
要提起信心和勇氣
要努力努力開創未來　創造人生的美麗
回憶仍在風中飄　人兒總要向前行

不知道是愚蠢還是義氣？我始終沒再回信，只將她的來信層層疊疊並與送我的那塊糖果放在一起。問世間情是何物？相思與不相思都是苦滋味！

♪琴音

如果妳懂我的琴　請妳來聽我的音
如果妳肯留下來　我將呼妳為知音
如果妳懂我的琴　請妳來聽我的音
用妳更深的詩句　譜成永恆的戀曲
連日雨　未曾見妳　灑落卻都是妳的語
階前綠　如同記憶　獨伴琴音　獨伴雨

故事總要有結局。後來，阿海車禍，他騎車撞傷一個財稅系的學妹，還好不嚴重。阿海非常負責任照顧她一個禮拜，日久生情竟成了他的女朋友。而我，不知該喜或該憂？鼓起勇氣說出真相，阿海終於明白了一切，反要我全力去追夢，語帶祝福還學我以前的話說：「愛情的門往往只敲一次。」事不宜遲，我連夜寫了封信，文情並茂寄語相思，期盼她原諒一切。我們約見面了，在充滿詩意的台中公園，覺得自己真的好傻，生命中差點錯過了這眼前令人神魂顛倒的氣質女孩。

只是，她低著頭、含著淚，細聲顫抖地說：「忘了吧！」

♪ 拾取

暮色中　我望著妳的背影　輕輕呼喚失落的妳
秋風吹來　吹來片片楓葉　拾取一片作紀念
多年以前　偶然的遇見了妳
還是在那片片的楓葉裡
音樂中　我望著妳的背影　自語自唱別離

最長的暑假是等待，最美的想像是回憶；
最深的海洋是相思，而最醉人的醇酒是～別離。

♪ 無言

妳我擦身過　妳我未開口　兩人同注目　兩人心思愁
妳心似寂寞　我心亦難受　再次擦身過　妳我都低頭
相逢在偶然　相識在有緣　相投兩用情　愛是待有恆
情難道別離　愛誓隨雲去　無奈緣已盡　劇終夢也醒

The End

風水

家
家的感覺
家幸福的感覺
共同經營出家幸福的感覺
惟有家幸福的感覺
——才叫做好風水
常以為風水影響人
但其實往往是人在影響風水

明德 Feb.13.2006 於高雄

相信風水，它與外在環境及內在心理一直產生著交互作用，但三者應是連動且互為影響的！

至於命運則不需要知道！迂迴和險境不正與璀璨美景相對映！

試想如果知道了哪一年會怎麼樣？明天會如何？下一分鐘發生什麼事？

一切變的患得患失，那麼人生將有何樂趣與意義？

接觸佛教與學習易經都有個觀點叫做——無常！

喜怒哀樂在無常，悲歡離合在無常。無常不是消極悲觀的，而是要積極進取！

因為無常所以隨緣，因為無常所以自強不息！

風水影響人而人也影響風水；命運掌握了你而你卻也掌握了命運。不是嗎？

山中傳奇

上天不曾許諾每一個日子，
都是燦爛晴朗的；
但，只要珍惜，陽光將不會
離開我們的心境。

一座座的高山峻嶺，在心目中都是一尊尊令人敬畏的神佛。祈求天公賜福給予努力不懈的人，祈求憐憫這塊辛勤耕耘的土地，祈求在絕望的淚光裡允許一丁點的奇蹟……。

慶仔，出生在彰化和美傳統的農村，家族人丁鼎旺，排行第三柱大房老四。

大肚溪畔幾落三合院，不夠居住再分支出紅磚瓦舍，前有宗廟廳堂，後則迂迴長廊；女主內男主外，孩童追逐嘻耍，尤其婚喪喜慶時前呼後應好不熱鬧……。只是食指浩繁飯鍋再大也不夠，農作收成不穩定，漸感負荷坐吃山空。民國四十八年八七水災肆虐之後，一貧如洗，整個村子裡幾乎沒有一戶不窮……。

慶仔在國小畢業後，斷斷續續做了幾年雜工，僅容度日卻無半點積蓄，八七水災的那一年，慶仔剛滿廿歲。當完兵退了伍，身強力壯卻前途茫茫，為求工作賺錢年輕人必須另謀生路。恰好幾個堂兄學起了做生意，俗稱「寄藥包」，意即寄放藥品於窮

鄉僻壤。民國五十幾年當時醫療不發達，尤其在偏遠地區或是大部份窮人沒錢看醫生，他們從藥廠批來成藥，經交涉後寄放各村長、代表、酋長或頭目的處所供緊急醫療，每隔一段時間補充藥品並結帳。

慶仔毅然加入了堂兄們「寄藥包」的行列，只是他太老實，堂兄們早就佈好地點、選擇了較佳路線，最後慶仔只好跑最遙遠、也沒有人要去的——南投國姓、埔里、霧社一帶。除了不時往山上跑，去拓展寄藥點，平時只要能賺點錢的，什麼雜工或農務他都肯做。直到他結婚，有幾個堂兄靠「寄藥包」賺到錢已拉風地買了摩托車代步，慶仔卻仍然苦哈哈，只能自嘲埔里一帶水質空氣好，人不生病。

其實，是慶仔宅心仁厚，不像其他堂兄把藥品誇大療效，講得天花亂墜，教人顧肝顧腎，說些什麼「有病治病，沒病補身」。只有他當成像服務這回事，不會希望人們常感冒、發燒、肚子痛，以及急症、內外傷，他始終認為那是偏遠山區的緊急醫療。也因為如此，許多原本陌生的人都喜歡與他交朋友。

成家後女兒陸續出生，生活漸感壓力，負擔越來越沉重。原本赤貧的鄉下，一有貧富差距就會比較，甚至嘲笑。

相信「一枝草一點露，天無絕人之路」，慶仔決定離開家鄉外出奮鬥。民國五十八年他帶著妻兒從草屯、雙冬而入，繞過迢迢迂迴的山路，在南投國姓水波流落腳。地利之便，他將「寄藥包」的業務向更深山推展到盧山與清境一帶。當時光是清境就有七個「榮民眷村」，以博望、定遠、仁愛及忠孝等聚落較具規模。他們極少接觸外界，慶仔親切，很快就與他們打成一片。

只是離鄉背井讓生活更苦，收入連基本生活開銷都不夠；批藥的錢一欠缺，往往還是得回鄉找人借貸。

當時在清境有榮民願意出租山坡農地，聽說高山種高麗菜又大又青翠且價格好，慶仔便答應了。

原本在家鄉就是以種稻米和蔬菜為主，種菜難不倒他。在辛勤努力下，種出的高麗菜果然又大又青翠；只是時運不佳，又慶仔生性樸實本非做生意的料，幾番收成就是賣不到好價錢。所有的心血與投資都化為烏有，像被澆了幾盆冷冽的水，氣得將整片菜園給鏟平了。

山上的朋友建議他種較高經濟價值的蘋果與水梨或是水蜜桃，只是要花工夫，一開始雖然比較辛苦，但以後每年都可收成且價格好又穩定，聽到這樣慶仔又重新鼓起鬥志……。然而不管植栽、接枝，或是施肥與照料幾道程序，需要花費的錢算來可不少，慶仔夫妻倆又硬著頭皮回鄉去借。話說當時最大的堂兄遠仔在屏東發達，人家要回鄉宗親們歡喜殺雞宰羊；而慶仔夫婦每次回來，大家知道要借錢，避之危恐不及。人情冷暖，慶仔感受深刻，並且點滴在心。

夫妻倆在清境山上種下了一棵棵蘋果與梨子樹，從絕望中重新燃起希望。欠下一屁股債已經沒有退路，一定要看著這些果樹開花結果，誓死守住這塊賴以為生的土地。

為了每天照顧這些果樹，必須住下來。慶仔夫妻倆自己用木板搭起了工寮，上面鋪設好幾層的茅草；為能自給自足，屋旁設桶儲水、備鍋弄竈，另圈一塊地養雞種菜。

睡覺則在工寮內簡單架起約一尺高的拼板當床，晚上床底下有地鼠活動翻土，剛開始還會與之對抗，後來累了懶得理會，床底下的鬆土竟然與床板一般高。山上夜裡很冷難以好眠，天還沒亮雙腳已經凍僵，棉被無論如何日曬，感覺總是潮濕冰涼。

「山中無甲子，寒盡不知年」，為求溫飽、為圖未來，夫婦倆默默耕耘，胼手胝足度過每一個晨昏。而有時風雲變幻、濃霧籠罩，夫妻兩人相依為命，像處在被遺忘的世界。

只能一個星期下山一次到國姓看望苦命的小孩，父母親貧困落魄讓小孩受罪像沒了爹娘。除了托鄰居關照，平常大女兒、二女兒才念小學便學會燒飯洗衣並照顧弟妹，三女兒也會幫忙飯後洗碗。每次見到乖巧的孩子都忍不住掉眼淚！想問老天爺到底該怎麼做？而又何時才能出頭天？

國姓到埔里及清境的客運每小時只有一班車，常常在那公路的站牌下，車子來了，可是小兒子緊拉他們的手懇求：「爸爸媽媽坐下一班！」，「坐下一班！」生命中多麼不捨的別離，全家人淚眼緊緊抱在一起，每次都搭 18:15 的末班車。

蘋果及梨子樹的接枝最難卻也最關鍵，每天清晨醒來都會趕緊去看枝頭是否有冒出嫩芽？等待像冰冷的冬天那般漫長，今日的絕望明天還是要存在希望；黑夜難熬但相信黎明將至，山頂偶有烏雲也終會明朗，那堅持的毅力是永不放棄。當果樹上終於冒出嫩綠，夫妻倆喜悅快樂了好一陣子，像生命的驚奇，堅信未來一定會有轉機。

在沒收成果實之前就等於沒收入，一切生活開銷單靠兼職「寄藥包」，可是實在入不敷出，繼續借貸負擔沉重。蘋果及梨子樹約在三、四月開花，要等半年，到十、十一月份才能熟成採果。這期間又回鄉借了幾次錢，惟人見人怕借貸愈來愈難……。

有次一位表親喝了酒說大話：「若慶仔需要，五千元以內都可以來借」。他專程回鄉想去借兩千元，甭說一千、五百，不料連五十元都借不到！可憐的他口袋裡連回程車錢都沒有。

算算累積借貸高達約二十萬，在當時可不是個小數目。沒有辦法，只得把剛從他父親手上分得的幾分田地以四萬元給賣了。

在別人的嘲諷中，不只是悲慘的落魄人，還是一個不孝子。

「關山難越，誰悲失路人；萍水相逢，盡是他鄉客。」

但還是相信「人在做，天在看！」只有擦乾淚水，向前走！

或許突破不了眼前的窒礙與困頓，有時候又不免懷疑自己是否還有足夠的力量及勇氣。總在迷惑時仰望白雲藍天，再次堅信自己會是那樸實的土地，只要有陽光就有生機。

終於收成了，雖有成績但不甚滿意。慶仔憨直地告訴客人：「今年的有點酸，來年會更好。」也許「傻人有傻福」，許多客人反而喜歡他的真誠，長久下來很多人都成了真心相待的好朋友，也奠定了他以後的招牌信譽。

不管蘋果、水梨或水蜜桃，特別適宜生長於高海拔的山區。主要是因為日夜溫差大，又日照充足、雨露均衡，所以長出的果實既大又甜且多汁。這像極了慶仔的人生，自己從海口到深山，心情盪到谷底又有時雲端，落差很大。但願命裡頭的陽光充足，這般辛苦，此生只盼來日結果「甜蜜多汁」。

他很快瞭解熟悉了高山水果，並且種出了心得。

慶仔體會到凡事仔細須按部就班、慢工出細活，尤其不能急。每一棵果樹都是自己的孩子，要「用心」栽培；如知心朋友，要「用心」關照傾聽。果實碩大甜蜜是最大的成就，吃在嘴裡滿意的表情最為快樂，而聽到客人稱讚最是幸福。

經過他不斷請益與改良學習，成果確實一年比一年好，很快成為專家。幾年後根據輕重緩急終於還清所有的借貸，並且在埔里買了房子。孩子們也漸漸長大了，至少一家人可以容易相聚。

其中過程也並沒有很順利，經營果園有成後，遇到山大王的騷擾，家鄉兄弟朋友雖窮但義氣，願挨對方拳頭以打不還手化解衝突，山大王最後服氣並同意不再為難，慶仔含淚感激自家人的情義相挺。

民國七十五年清境農場轉型觀光，也為果農帶來收益。而民國八十一年土地放領，原租戶的榮民得到所有權並可自主買賣，許多外地人上山搶著買。但這片果園到處都是慶仔的心血，他不得不咬緊牙根用比別人貴的價格買下，銀行貸款九百多萬，利息是駭人的十二%。

復又民國八十八年九二一大地震，位在埔里的住宅傾斜，又花大筆錢打掉重蓋。造化弄人，真可謂「一波未平，而一波又起」。

後來，風起雲湧，清境的秀麗美景吸引了大批觀光客，旅館經常客滿，民宿如雨後春筍般興起。只是業者旨在賺錢，大部份都虛有其表。

許多顧客好友慫恿遊說，覺得慶仔的果園面積大、地點絕佳、景觀最美。他幾經思索後決定在自己的果園裡規劃出部份面積蓋民宿，堅持要保留果園，並且決定要以像對待果樹般的細緻，「用心」做清境最優質的民宿。

經過縝密規劃、精心設計，並不惜成本進口耐久的建材，前後蓋出了四幢獨特的歐式別墅。讓濃濃的休閒風情，伴隨著果園裡散發出的淡淡果香，希望由內到外都會讓每個來訪的朋友感受到無比的溫馨及真誠，就像吃到他親手栽種的水果一樣——洋溢著甜蜜與幸福！

許多朋友去過都極力推薦！講了好久，民國九十八年十一月十九日終於如願造訪！

慶仔，本名「黃慶」，是我的叔叔。真的很感動！也很高興他與嬸嬸終於「苦盡甘來」，如今經營有成、美滿知足，子女乖巧孝順！

現在，叔叔除了與客人親切招呼，仍舊不忘本的種水果。民宿由孩子協助接手，帶入新觀念，處處可以見到細心與巧思。

而以下令人流連驚豔的，就是「黃慶果園民宿」。

回首前塵晦暗，總算是——撥雲見日！

明德 NOV. 24. 2009

民國 77 年 (1988)，是我當兵時上山找叔叔黃慶時留影，當時他在果園前擺攤賣現採的新鮮水果。

志節

子曰：「富與貴，是人之所欲也，不以其道得之，不處也；貧與賤，是人之所惡也，不以其道得之，不去也。君子去仁，惡乎成名？君子無終食之間違仁，造次必於是，顛沛必於是。」

這是從前高中時背誦過《論語・里仁篇》裡的句子，現在唸來格外令人感慨與諷刺，只覺世風日下、哲人已遠。

「讀聖賢書，所學何事？」我問現在的孩子，他們說現在的教育沒有四書五經，孰知聖賢？倒是耳濡目染多少知道何謂「知識經濟」，明白知識可以讓人找到工作、做生意或投資變有錢，至於有錢人具不具備知識似乎無關緊要了。當書店暢銷書和雜誌清一色是談論股票投資、政治八卦與如何賺錢理財，關於科學、哲學、文學以及道德人生觀總束之高閣，我知道這社會一直在墮落，並且病得不輕。當所有學問修身的「才」變成了「財」，窮秀才沉默了，只有財大氣粗的有錢大爺可以大聲。或許這環境這社會已變得無比現實殘酷，當讀書的目的在打敗別人、為高人一等，當知識的用途在於掠奪、為利祿功名；當人與人之間缺乏尊重互信、不再需要孝悌忠信、不必禮義廉恥，則眼前的所謂文明只不過是泡沫幻影，其實不就是個極端血腥、充滿爭鬥殺戮的虛偽世界。

似乎，只有傻子才腳踏實地？只剩笨蛋會辛勤耕耘？物慾的追逐與世俗的媚化，慢慢侵蝕傳統的道德信念。許多觀點積非成是，許多論述似是而非，該有的堅持竟往往在徬徨爭議中模糊了。

面對金錢、面對物慾、面對色誘，怎麼就如此輕易地出賣了靈魂？世間走一遭像修行，最難放下的是名與利，最難滿足的則是人的心。

風雨如晦雞鳴不已！身處複雜混亂的世局，寧相信昭昭天理與浩然正氣，儉以養廉、恕以修德。某些界線不容跨越，某些原則不可妥協，極其重要並且生死不渝的是志節，「顛沛必於是，造次必於是」，因為那是人格與尊嚴之所繫。

不忘《孟子・滕文公》裡的堅定：「富貴不能淫，貧賤不能移，威武不能屈，此之謂大丈夫。」

成長

成長固然是一種喜悅，但成長前探索的勇氣，卻是一段更值得繫念的渡程。

孩子小時候喜歡各式各樣的玩具汽車，帶出門最愛看大車。問他長大後想做甚麼？他天真的回答：「開大卡車！」後來又修正：「開公共汽車！」「很大而且可以載很多的人，爸爸媽媽免費！」再後來說：「要開消防車！」「大家都讓路，而且可以噴水救火！」想法值得喜悅，從「逞威風」到「服務」而最後決定「奉獻」。

有次經過師大附中，懇切希望孩子：「以後念這裡？」他毫不思索直接回答：「不要！」「我要念建中！」而現在好像又想通了，鄭重其事地告訴我：「我要拚台大！」「以後要做董事長！」

一切都是幻覺，也許通通不會發生，但又或許有一天美夢終會成真！成長的路不會是一直線，沒有直達車，也絕非大人們可以預設，儘管我們在路旁立了許多告示牌，儘管我們嘮叨叮嚀、仔細吩咐，總是不符己意，甚至氣得七竅生煙。但終要相信，孩子還是會闖出自己的路，創造出無限的可能！

有時候擔心自己不是富爸爸，孩子在別的同學面前會不會怨嘆自艾；其實該慶幸自己還好不是富爸爸，孩子不至於目中無人，致過分驕傲自滿、跋扈自大！世間總有至少的兩個面相，這像太陽底下的明亮與黑暗，像是與非、善與惡、獎與懲、忠與奸、利與弊、美與醜、好與壞……，必須一直在兩兩面相拉扯、衝突、學習與成長，透過層層的選擇與判斷累積智慧，必須經歷春夏秋冬、陰晴雨雪，而後堅強！

人生如一個接著一個的驛站，即將面對的可能是長江大河，更可能是沙漠戈壁，唯有憑藉智慧與積極努力才得以安然走過！

跨出去的步伐，不見得要大，但要正、要穩！

樹，有時候並不一定要開花、要結果，但一定要長得巍巍峨峨。

際遇

昨夜見了一位印尼來的老朋友，出了飯店竟已凌晨三點！他受託專程到台灣找他岳父的債務人，而他則是我的債務人，也是恩人！一九九五年，工作上有著十之八九的不如意，生計上仍背著沉重的房貸，鬱悶與壓力難以形容，遠端的國際電話上我雙眼濕潤……，我想離職！再也受不了幾番努力衝出業績之後換來公司的壓榨，電話那頭只聽他心平氣和地要我——等他！

當天下午他專程買了機票從雅加達坐五個小時的飛機到台北與我碰面，「忍耐！一定要忍耐；條件尚未成熟前只有忍耐，不可能也不會因為生氣而能夠讓人成功創業，惟有等條件成熟。貿易重要的五個條件，是在不生氣的情況下，具備『客戶通路』『產品貨源』『才華技術』『足夠資金』及『前四項條件的良好串聯與經營』」。「工作領老闆的薪水像溫室花朵，而創業則處於槍林彈雨，拚的是自己的命流自己的血，要有心理調適與準備」。每一句話竟像暮鼓晨鐘，是啊！Are you ready？光生氣是沒有用的，那個晚上令我恍然大悟，重新積蓄能量培養條件，並嚴正思考生命的出路。隔天早上他就趕著回印尼！

一九九五年閏八月，我勇敢地走出來成立了公司，並策略性地躲過老東家的追殺。他也很快給我象徵鼓勵與關照的訂單……。我無比感激！

我們都漸漸在努力之中壯大，在印尼他建構四個事業群，並與我討論中英文集團名稱，並擴充資本準備股票上市。無奈一九九七年一場亞洲金融風暴……，我們根本沒有時間反應，摧毀了他的理想也給了我重重的一擊；在台灣媒體上看到一波波印尼的暴動引爆成激烈排華情緒，雅加達出境機場上閃過他的身影，我一陣迷茫……。往後的一年，他憂鬱地想要輕生，而我生意深陷東南亞風暴，周轉艱難寢食難安！怎麼如此造化弄人！

一拖拉庫的豐功偉業，只剩留得青山在！

無論金錢為何？我們的友誼是堅定的！我不會開口向他要錢，從他歉意的眼神我知道只要有能力他將還我，或者說早已扯平互不虧欠！從難關中走了出來，我們都學會了在各種環境中自我定位，在人生的擂台上不管挨了幾拳都要忍耐，跌得再重也要堅強的爬起來！

不生氣！是啊！不能生氣……，經過十年後的這個深夜裡，我們開朗的笑了！

明德 OCT. 31. 2007

人生樂事

快樂很簡單，簡單就快樂！

若問現代人什麼最樂？十之八九會說：「有錢最樂！」含蓄一點的會補充解釋：「錢雖非萬能，但沒有錢萬萬不能。」連要找工作最好是「錢多事少離家近。」可是要多少才算有錢？想到這個定義，許多人立刻掉入痛苦的深淵！

原來快樂對大部份的人而言，只是理想、未來或目標？終其一生好像都在期待快樂，而不是處身於快樂。如果中了樂透才會快樂，那麼快樂的機率就與中樂透一樣，幾乎零！

所以除非不想快樂，否則一定要提高自己快樂的機率，並且培養輕易快樂的情緒。太聰明不快樂，不妨大智若愚；太計較不快樂，不妨難得糊塗；太幹練不快樂，不妨凡事學著睜隻眼閉隻眼。快樂是相對比較的結果，一條線看你要劃在快樂的上面或者下面？隔壁鄰居孩子考上附中卻因沒上建中而不快樂，我們放榜確定可上公立高中而雀躍歡呼擁抱。同樣有錢，有的快樂了，而有人同樣悶悶不樂。

「知足常樂」就是這個道理，不知足則永遠鬱鬱寡歡！

歸納古人筆下的人生樂事，如下：

高臥、靜坐、嚐酒、試茶、閱書、臨帖、對弈、作畫、誦詩、詠歌、鼓琴、焚香、蒔花、候月、聽雨、望雲、瞻星、負暄、賞雪、看鳥、觀潮、漱泉、濯足、倚竹、撫松、遠眺、俯瞰、散步、盪舟、遊山、玩水、訪古、尋幽、消寒、避暑、忘愁、慰親、習業、為善、布施。

注意到了嗎？與有沒有錢好像毫無關連。

你快樂嗎？

或許應該這樣問：看了以上，你還不快樂嗎？

成龍成鳳

這是一個真實的故事：

剛過完農曆新年後不久的二月底，天氣乍暖還寒，大學學測成績揭曉，一位鮮少笑容的高三生悻悻然回到家，進家門爸爸的第一句話是：「是不是考慮先去當兵？」「越來越懷疑你是不是我們的兒子？」隨後媽媽又補上一句：「我們全家都是台大，為什麼就只有你不行？」氣氛凝結到了極點，他低著頭紅了眼，不發一語兀自進了房間，並重重地將房門甩上……。

這孩子學測成績五九級分，顯然孩子辜負了父母的期望，高中沒有如預期上建中，便被視為是家族恥辱，並第一次被懷疑血統。因為父母親都是台大教授，哥哥台大電機畢業現在留學美國麻省理工。親人的榮耀圖騰與成就成為他最大的壓力負擔，三年來他密閉了自我，收斂一切的笑容，雖有時自信滿滿，但大部份都是意興闌珊、心灰意冷，面對大考緊張的冷汗直冒，下筆時全身顫抖……。

終究無法達成父母的期望，家人的眼中自己是百無一用的白癡。

「虎父無犬子」是最難承受的冷嘲熱諷，他甚至於懷疑自己存在的意義。

上不上台大對他而言是兩個世界，是壁壘分明天堂地獄般極端的兩個世界。可憐的他，不容許有第二志願！

另一個真實的故事：

新學年開學沒多久，在一所台北市校際排名還蠻前段的高中，一年級的新生班級裡。一位總是悶悶不樂的女生，在機緣巧合的情境誘引之下，幽幽的說出內心那股排山倒海的痛。她說：「爸爸自從高中放榜後就沒和我談過話了。」「他一直希望我能考上第一志願的學校，也覺得我可以考上。其實我自己心知肚明，我根本沒有那個實力。」

「開學那一天，吃早餐的時候，不知道為什麼桌上恰巧就只剩下一個荷包蛋，我正考慮該不該吃，爸爸就自顧自的開口說話了，他說：『這是給北一女的學生吃的！』他說話時雖然臉沒朝向我，音量也不大，但是這句簡單的話語，每一個字都像悶雷一樣打的我暈頭轉向。連自己都不知道怎麼結束那一頓早餐，不知道怎麼離開餐桌。」

「這已經不是第一次了！註冊的那一天，爸爸告訴媽媽：『我的錢是給北一女的學生用的，她的費用妳自己解決！』那天起，我總覺得人生乏味。」

這兩個故事發生在西元二千年後的台灣，發生在教育改革如火如荼了好一陣子的台北，也發生在還不錯的學校裡。我卻深信這不會是少數個案。在我們不知道的角落，更多類型的故事，讀書與不讀書、上進與不上進，欣慰與憤怒、期望與落差，父母與孩子兩代之間正以不同的劇情上演。

上一個世代，由於家貧大部份父母不敢奢望孩子有出息，許多子女反而超越父母的期望發揮出潛力而出人頭地；現在，往往不管自己做到的或者做不到的，都希望下一代可以努力去完成。望子成龍、望女成鳳，竭盡心力強制孩子必須做到，甚至認為孩子一定要比我們強，遂造成鴻溝誤解並彼此陷入痛苦深淵，捫心自問自己是不是也有這種荒腔走板的演出！

父母與孩子必須一起學習、調整、進步及成長。

畢竟，我們都是凡人，也都從一個不太重視孩子權利，不太講究親子互動技巧的年代長大。忘了口頭上常講的「多元價值」；也忘了行行出狀元的真理，所以常常還是會被孩子的成績單激怒！而孩子則一直認為與我們格格不入，完全不瞭解他們的世界！

路，不可能也不會只有一條！

不同的時空環境，也許孩子會有其不同的人生道路。所以當面對自己的孩子的時候，千萬別情緒失控，只要適切關懷引導使其不致誤入歧途，不須要求孩子走既定路線，反而該留點未來給孩子自主探索，前途是生命尋幽訪勝的秘境，夢想是體驗甘苦喜悅的靈泉。

要預留無限的可能，像畫畫一般不要把所有的空間都畫滿。也許每個存在都有其任務，天地萬物也自然會有它的位置；也許當初認為的不長進也會有連番驚奇，要相信「一枝草一點露」，要知道「兒孫自有兒孫福」。

生日願望

從小到大，印象中我好像很少過生日，也鮮少在慶生吹熄蠟燭前許下過什麼心願。

小時候家裡頭拮据，過日子都很困難，生日雲淡風輕，有時候連自己都不會記得，從沒有吃過屬於自己的生日蛋糕或收到禮物，也一直沒有機會像一般人每年生日時總會為自己許下三個心願。長大後在大學社團有了慶生會，遇到同學或朋友生日，我會很熱心製作卡片並致贈小禮物，但當輪到我生日時，因為每次總在農曆過年前夕，大家很自然就都會把我的生日給忘了。常常我苦中作樂，悶頭蓋上棉被，過年的鞭炮聲當是普天同慶。

但其實幾十年來每年的農曆新年，總也是忙忙碌碌兵荒馬亂，還來不及許願，日子就糊里糊塗地過將下去。偶爾難得有人記得我生日，那怕是一聲祝福、一個簡訊，我都會特別窩心及感動，並且在心坎底牢牢地記住。

尤其在成家後總是被日子逼著走，生日像是一種喘息或一種檢視，像一年的總結會計帳一樣列出損益表，有時候我會面無表情五味雜陳地看著時鐘一分一秒挪移跨過。生日，唱不出生日歌，苦笑中帶著淚水，一年一年像眼角的魚尾紋堆疊著過來。但無論如何，只要比過去的一年多往前踏一步，都會充滿感恩與喜悅。而過生日不管別人記不記得，總在自己心裡會默默許下願望，在生日的最後一刻構築一個夢境，期望未來一年的努力得以實現。雖不可能像童話裡阿拉丁的神燈許願後立刻實現，但我一直相信：生日願望會為自己帶來契機！

記得高中時代讀鹿橋的《未央歌》，滿心浪漫情愫，胸懷鴻鵠之志，雖然風雨飄搖、時代動盪，尚覺得人生一切如此夢幻而美好。生日時鍾情〈玫瑰三願〉：「我願那妒我的無情風雨莫吹打；我願那愛我的多情遊客莫攀折；我願那紅顏長好不凋謝，好教我留住芳華。」而大學新生時有次被朋友帶到團契，很意外他們為我慶生，到現在仍記得那發人深思的一段祝禱詞：「請賜給我寧靜，去接受我所不能改變的；請賜給我勇氣，去改變我所不能接受的；請賜給我智慧，去分辨以上這兩者之間的差異不同。」

思索與領悟，容易使人成長。至少在四季的更迭及歲月的進展中，自己更加洗練成熟了。

我常想，出生那天記憶了母親的痛楚，應該蘊藏或代表著某些意義！

也不管我自己是否真正體會？抑或自己是否因此而成長？似乎獲得了什麼又漏失了什麼？緊握了什麼又放棄了什麼？好像模糊了自己又澄澈了自我？但終究任由著點點滴滴的現實生活，隨著一次次生日將自己帶領了過來。覺得生命中的得失像沙漏般，一方是得而另一方即失，端看自己如何翻轉！

廿五歲到卅五歲的日子像激流，帶著飛快速度撞石拐彎，每年我總許願讓我平安度過難關；三十六歲到四十五歲的日子像瀑布之下的水潭，雖有衝擊但算是餘波盪漾，每年我的願望不外是持盈保泰；而四十六歲之後期望日子可以像大河出谷入平原，滿心喜悅且蘊含了勁道。

也不知道一輩子可以過幾個生日？那並不重要了！現在，只想緊握生命中的美妙與踏實！

今天生日，一樣不需要蛋糕和禮物，感謝許多朋友們的問候祝福。一願「勞有所獲」，希望凡努力都有好結果；二願「抗壓耐煩」，希望所有的困難挫折都可安然走過；三願「知足常樂」，希望一切經歷的好壞都可以得到最佳的歡喜圓融。Happy Birthday！生日快樂！的確，不只是生日，希望活著的每一天都快樂。也唯有「快樂」，才能幸福美滿，才是願望實現的終極力量！

謹此，由衷感謝曾伴著我走過橫逆的親人好友，皆我貴人。

歲月悲歡，一切苦樂如此美好，我滿心喜悅與知足。

明德 JAN. 29. 2011

週歲 (1966)

20 歲 (1985 年)

買玩具

孩子一進了玩具店，簡直像到了天堂樂園，每樣都想要擁有。

以前我們生活拮据，偶爾會帶孩子去玩具反斗城。可以買玩具是快樂的事，為免樂極生悲，因此要與孩子約法三章：只能選買一樣玩具、金額有限制、哭鬧就回家。

只見孩子欣喜地睜大眼睛東看看西摸摸，好不容易選了一樣心愛的玩具，又看到更喜歡的。都已經拿在手上了，又考慮另外一個更吸引人的，因此又回頭把玩具放回原位。遇到金額超過上限的玩具，他則會看看我，而我必然搖搖頭。孩子走遍店裡的每一個角落，幾番折騰後終於選定玩具。

在結帳櫃台只有我們的玩具是一件而且用手拿的，其他人幾乎都是推車。他們的孩子見到喜歡的玩具就往推車一丟，有錢人的孩子就是任性，人家買一個推車的玩具隨便都一、二萬元。欣慰自己的孩子不比較，懂事聽話！

記得有一次為了要嘉獎鼓勵，帶兄弟倆一起去買玩具，那次說好金額上限每人一千元，兩個孩子同樣挑選了許久，最後跑來找我商量：可否兩人合買一件二千元以內的變形金鋼？清楚記得回家後兄弟倆組合了一整個下午，裝上電池後利用遙控變形金鋼動了起來，兩個孩子樂得蹦蹦跳！

如今孩子長大了，許多以前精挑細選買的心愛玩具，直到現在都還保存在他們房間的櫥窗裡，孩子說每一個玩具都是珍寶，也都是成長的印記。

珍惜，往往是因為得來不易！

雪泥鴻爪

人生到處知何似？恰似飛鴻踏雪泥；泥上偶然留指爪，
鴻飛那復計東西。老僧已死成新塔，壞壁無由見舊題；
往日崎嶇還記否？路長人困蹇驢嘶。

——蘇軾

十多年前到上海出差，晚上與客戶續攤到酒酣耳熱，尿急上廁所，面對小便斗尷尬的時刻，不禮貌地瞄了隔壁一眼，沒想到竟是多年不見的老朋友，帶著酒意幾聲寒暄後，兩個大男人廁所裡不顧別人異樣眼光抱在一起，好個「他相遇故知」。而隔日在混亂的虹橋機場不小心撞到一個雙手高舉蠶絲被的人，剛要說對不起，不巧他是我大學舊識，既意外又神奇。只是那像來自不同方向的兩條線，交會了旋即又分了出去……。

又有次在台北新光三越的擁擠電梯裡，兩人相望了許久，對方先認出我們是高中同學並喊出我名字，正當我想起時同聲喊——鍾志成。

我趕快在他出電梯前遞給他張名片，電梯很快又關上，像又隔離出極端的兩個世界。

人生的因緣聚散，原本是種玄妙的情愫。有時候覺得世界很小，想不到的地方偶有巧合；有時候世界又很大，一旦分散了今生今世也許難再重逢。一切命運與造化，時間與空間，事事總充滿變數及未知，像剔透的水珠搖曳於風中的荷葉，大概就只能解釋是因緣吧！

不喜歡車站，因為太多的別離，列車上滿載離情鄉愁。下一站是不同的世界，當某天你再回來，除了近鄉情怯，就怕物換星移。

期待把握些什麼？獲得些什麼？或者留下些什麼？道理總在上車下車間領悟，智慧總是走走停停中成長。

年少時逐夢，志同道合且患難與共，為了夢不顧一切馳騁瘋狂，隨著歲月增長愈見虛幻遙遠……。夢仍在，可惜我們已不復年輕！

有人說我老了，才會緬懷過去。記得小時候常聽老人講：「人生是現實的，盡是欺騙、虛偽與造作。」即使我不相信老人的話，可悲的是，我好像也將逐漸成為老人。

到底人生是夢還是現實？問題非常值得深思。好像都對，也都錯！我想，夢與現實的交替，才是真正的人生。

「夫天地者，萬物之逆旅。光陰者，百代之過客。」看似豁達，實則非常無情。凡事只要把距離拉遠、把時間拉長，都變得只不過是滄海一粟、繁星之一爍罷了。就惜緣吧！無論是夢或者現實，但留一片赤誠真情；儘管像雪泥鴻爪，願存一絲感恩眷戀。

有高山必有深谷，有聚合必有分離，
盈虛消長是自然變化，成住壞空乃佛家道理；
唯蘭竹之質飄香韻遠，唯俠骨豪情長留人間。

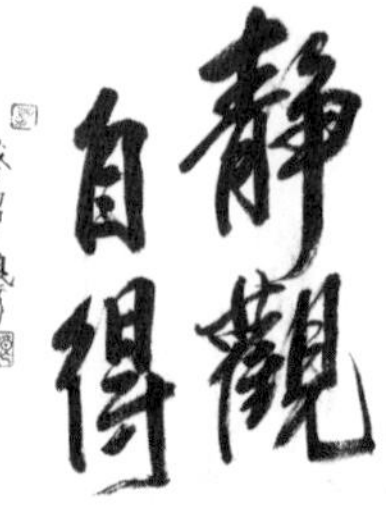

給天國的方總

不應該會在這裡的，出現了；
而原本屬於這裡的，不見了！
有些機緣耐人尋味，讓人深深改變、慶幸與感激！
有些則事發突然意想不到，不免懊悔與唏噓！
往事像刻痕如烙印，經不住一次再次的檢視與翻閱，
最後，總有不得不收藏起來的時刻，
生命裡最不捨的那一頁，藏的總是最深！

寫這一段，用一種淡淡的心情，只有感恩，沒有悲傷！

離開整整五年了，依舊難忘您的身影，希望賢伉儷及令嬡在另一個世界可以一樣幸福！感念當初您的提攜，想告訴方總：我一樣在「令人驕傲」的台北，且過得很好！

一九八九年我退伍，興趣使然投入彰化一家廣告公司，也不記得之前寄出了多少履歷，方總竟因為看過我的自傳而親自打了七通電話：

「念了四年紡織，好歹上台北見個面，年輕人的理想總要在『令人驕傲』的地方價值實現」，起初不願意，但最後終究被您打動，我上了台北！

而其實當時我是極其心虛的，就怕四年大學太混，倘業務表現不如預期有違方總期許。行囊中專業工具書帶的比衣物多，只敢在期望薪資欄中勾取最少金額，並自願先到工廠化驗室實習（我是第一位，沒想到害後來的業務都比照辦理）。也陰錯陽差的，竟在結束實習後北上的中興號上遇到了我太太，方總時常調侃：「坐中興號都可以把到老婆，世間還有什麼生意做不成！」

一九九〇年我結婚時，由於教師節連假，方總與方太太塞在高速公路車陣中，電話中滿是抱歉與祝福，您的缺席讓我在台北又補請。但婚後的日子是艱辛的，尤其是異鄉的奮鬥，業務的壓力很大而晚上又免不了夜訪與應酬。一陣子很無力很灰心想回中部發展，又是方總苦口婆心硬將我留下。

記得那年我在高速公路林口下坡段車禍，煞車不及幾部車撞在一起，雨中的我像失去了魂魄，修車廠卻像個賊窩，簽下了借據拖吊業者及修車廠才肯放我走。驚慌失措的我向彰化家裡求救，隔天方總卻硬塞給我三萬元，說是要給我壓驚！而後來修車花了二萬五千多，我萬萬不能因撞車還賺錢，執意退回五千元，方總可還記得？這份恩情銘記我心，永難忘懷！

每年農曆過年您都會私底下額外給我一個紅包，說是公司該給我的！

蒙方總厚愛，讓我發揮最大潛能，竭盡心力赴湯蹈火。而環境也促使我必須不斷的挑戰，您鼓勵我調到剛成立不久的國外部，我向您報告每一個我去開發的東南亞國家好像都出現貴人，您說我狗屎運滿天神佛。兒子剛出世而我又大膽買了房子，我清楚地明瞭許多事方總默默關照，只是故意不讓我知道！別的業務很怕方總，最怕跟您出門，因業務上您像拚命三郎，總是白日洽談晚上夜訪，半夜續攤早上六點到另一個客戶家門口等著他起床。方總說我耐操，其實我經濟壓力大，既然方總願意提攜我何樂不為？許多客戶真是怕了您而買染料，說從 yellow 問到 black 像問犯人口供，照三餐問候不買會沒好日子過！這以前我不敢告訴您，現在則無所謂，您不會生氣了！

那年您與我同行到印尼出差，我跑客戶您卻逕赴峇里島，為了掩護您我對方太太撒了謊，回台後竟東窗事發起了家庭革命，對您及對方太太我都存著深深的愧疚。

……

任誰也料想不到，二〇〇二年秋天一場美國加州車禍就此奪去方總、方太太及令嬡的生命……。

告別式上的三叩首，如何能報答得了您的知遇之恩？心中的感恩與思念，竟像那白沙灣墓園的落葉翻塵、滿天飛絮！

風與風際會的時候，不曾忘卻您的容顏，
放情縱酒之時，仍盼留一杯對飲。
呵！酒酣人散，笑我瘋狂痴顛，笑我參悟不透！
您說英雄屬於最激烈的戰場，台北才是令人驕傲的原鄉，
我所以來，因——有您期待！
只是，命運到底非您我能夠安排，一把辛酸淚！

明德　寫於 Nov.27,2007

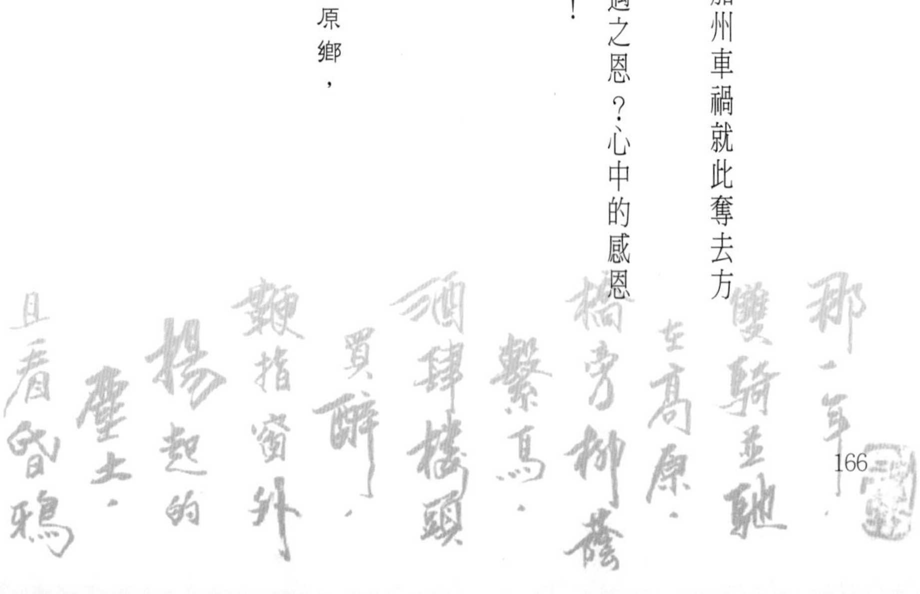
那一年
雙騎並馳
左高原
橋旁柳蔭
繫馬
酒肆樓頭
買醉
鞭指窗外
揚起的
塵土
且看昏鴉

地獄與天堂

如果一切沒有了意義，就沒有什麼值得好珍惜；
而許多覺得不用珍惜的，最後卻往往有其意義。

我們都是那其中之一的芸芸眾生，
或許不必要出類拔萃，但須一股意志——力爭上游，
以自己認為適合的方式，活出生命的最精彩！

失意的時候，不妨到醫院；
鬱悶的時候，逛逛菜市場……
像數學題一樣，或許可以換一種途徑來解答案。

曾經，用一種捨我其誰當仁不讓的態度，置身塵囂……
也許，換一樣慈悲隨喜不忮不求的襟懷，放空心靈……
地球一直不停止運轉，情況則瞬息萬變。
沒有地獄，沒有天堂，只有眼見角度，只有處世心境！

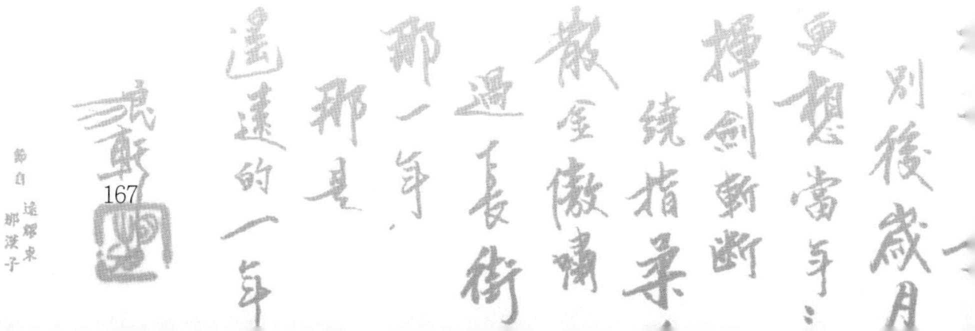

秋

那年　揮灑了　滿天的季楓
就這樣　輕柔地　躺在我衣襟
等待　秋來　等待　秋來

秋天是徬徨的影子，總是無聲無息，
連落葉都來不及感嘆。
急急流年、滔滔逝水！
不管是否心甘情願，
歲月都推著我們向前走。
但秋天是最令人懷念的，
正也因為生命的那份悄然……
原來一轉眼，早已是足跡處處，
走過千山萬水、冷暖境界。

明德　Sep.27.2012

一九八六中橫碧綠神木

奇石

我已從火成岩的腹中重生
我的血液都是元素　每個元素都是意志
看雲來雲去　枯坐未完的一生
滿臉滄桑的雷紋　無非是歲月的胎記
我需要肯定　不需要神話與謎底
我將如何告訴你　我不在乎遺忘
不在乎地質學冰冷的解析
在乎的是　你是否遺忘了慘痛的蛻變
遺忘了一句黎明點亮的詩眼

心情與心境

剛從關島玩回來，無論觀光賞景或是水上活動，
我們曬出一身黝黑，玩得不亦樂乎！
有朋友說關島他去過，不就是個熱帶的小島嶼，
不覺得有什麼好玩！?
或許是我們壓抑太久的緣故吧？
孩子求學階段因素，
這是我們七年前峇里島之後非生意上的純旅遊。
陽光、沙灘、綠樹、藍天、浮雲與大海，
很容易一下子就把快樂的情緒釋放出來。
當然好不好玩總是見仁見智，
區別在於用怎麼樣的心情，抱持怎麼樣的心境。
曾寫過一篇文章「埔里觀雨」，
許多埔里人誇說寫得很好，可眼中的埔里好像沒我形容的那麼美。
會這麼認為，是因為——他們住埔里！
就像我們居住的臺灣，外人眼中的寶島，習慣了環境便麻木不仁。
我舅舅賣茶，他說：「只要你喜歡，就是好茶！」

好茶不在價錢無關貴賤，憑自我論定。
最重要是適合自己，而許多事情也是如此。
熟悉的地方沒有風景，也許問題不在風景，而是在於心境。
我們探險般地尋幽訪勝，峰迴路轉，一定充滿著新鮮與驚奇。
像出遊時同行的人不同，心情自然不同；
而心情不同，風景自然也不同，那興致樂趣當然就不一樣。
人生的旅途中，最糟糕的處境往往不是貧困，不是厄運，
而是心如止水般處於一種無知無覺的疲憊狀態。
當感動過的不再感動，吸引過的不再吸引；
喜愛過的不再喜愛，甚至激怒過的也不再被激怒。
生命一旦缺少了漣漪，迸不出火花，像一潭死水，必定索然無味。
靠海的喜歡山，靠山的喜歡海。
都市的嚮往鄉村，鄉村的嚮往都市。
平凡的羨慕熱鬧，熱鬧的羨慕平凡。
每一個人用自己的方式過生活，也用自己的哲理找樂趣！
人生畢竟如此，在匆忙之際與鬆緊之間，找尋自我的踏實與安舒。

那年夏天的八卦山上

人很容易忽視自己的幸福，而抱怨自己些微的不幸；人很容易忽視別人的痛苦，而嫉妒別人些微的快樂！抱怨和嫉妒都是生命的毒瘤，它會阻止人們走向春暖花開的世界，而讓人生永遠冰封雪鎖！對於自己的幸福，我們應該感謝；對於自己的不幸，我們應該堅忍；對於別人的快樂，我們應該祝賀；而對於別人的痛苦，我們應該同情！

林雙不——〈同情之外〉

民國七十一年（一九八二年）夏天的八卦山上，為期四天的文藝營，集合了一群來自彰化各高中職喜愛寫作的精英匯集，林雙不、吳晟、吳念真、康原……等都是我們的老師，或談散文情緒引導，談寫人寫景與文學裡的鄉情；或談小說結構引人入勝，談新詩與古文，談日常觀察與觸發！研習是一時的，在當時激盪出不少火花，結交了許多志同道合的朋友，而影響也極其深遠。至少對於我而言，觀點改變了，世界改變了！

也特別感謝當時在彰中的國文老師計秀中，清楚記得她總是每次要從全班的作文中選出寫最好的兩篇，當場朗讀並讚美動人可貴的文句及觀點。她讓我喜歡上文學，明白文字不只是表達並且有其生命，尤其喜歡「青青子矜，悠悠我心。但為君故，沉吟至今。」也嘗試欣賞苦難中的美學「孔雀東南飛，五里一徘徊。」喜歡從作者為出發點切入文學，不管是古文或現代文都能體會那生動筆觸下的喜悅與哀愁。進而教導我們如何寫作，嘗試用文字寫故事、敘述自己的想法，並且引領讀者的情緒。

文學，潛移默化，引人進入另一種境界。

走過這三十幾個年頭，仍願以林雙不老師寫的「同情之外」來面對世間，並盡情領略每一個中國文字的美，排列組合舞動出的情感與藝術；用吳念真老師多重的觀感看事物，品味每一個接觸或擦身而過的臉譜，血汗真實刻劃出的故事與情懷，一沙一世界，一葉一如來！

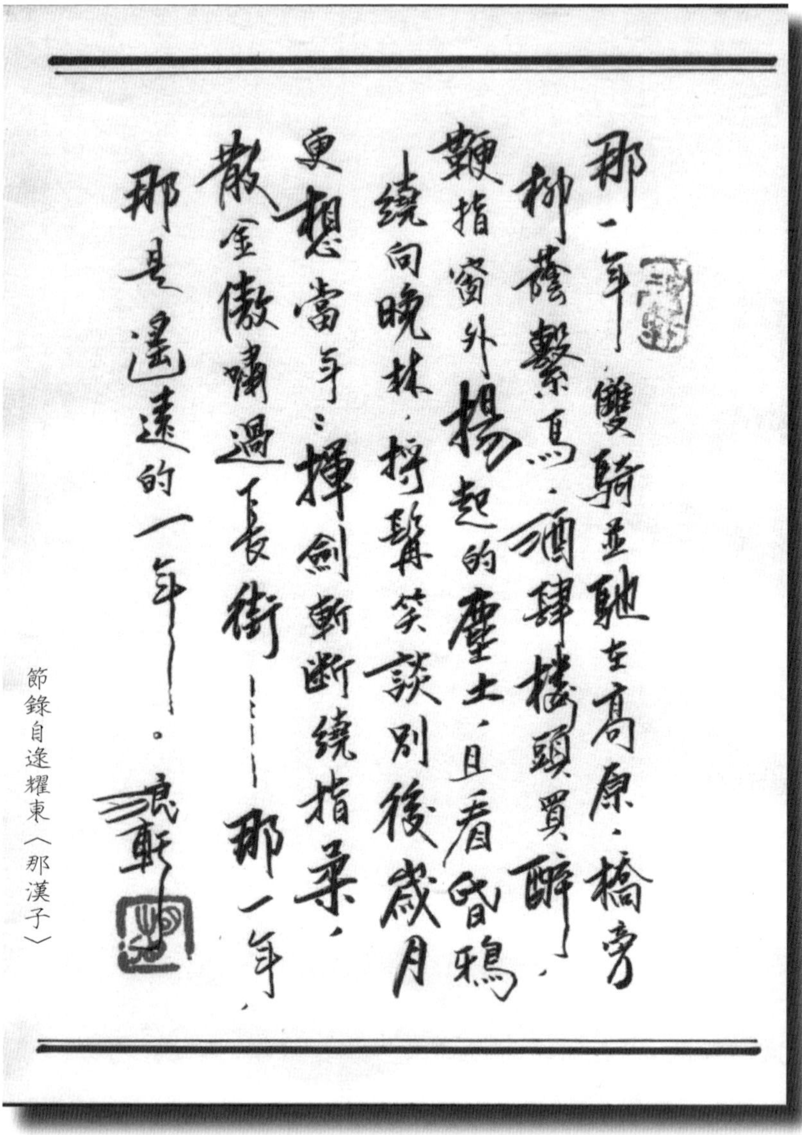
那一年，雙騎並馳在高原，橋旁
柳蔭繫馬，酒肆樓頭買醉，
鞭指窗外揚起的塵土，且看昏鴉
繞向晚林，擰髯笑談別後歲月
更想當年，揮劍斬斷繞指柔，
散金傲嘯過長街——那一年，
那是遙遠的一年——。

節錄自逯耀東〈那漢子〉

自己的方式

一雙鞋能踢幾條街？一雙腳能換幾次鞋？
一眨眼算不算年少？一輩子算不算永遠？
～取自余光中〈江湖上〉詩句

鐘鼎山林，人各有志！

最近有朋友非常積極並以優渥條件要我到印尼協助他們拓展生意，說我是不二人選。我並不需考慮，只想著要如何拒絕……。

其實那也太抬舉我了，現在叫我再次提著資料公事包去闖蕩生意，除了商場如戰場的瞬息萬變，只怕那昔日的熱情與衝勁早已不復存在。世間冷暖江湖多險早已體會，酒色財氣富貴榮華並無意戀棧，我想今昔最大的差異大概是心境吧！

十幾年前，我沒有去大陸發展，很多朋友覺得可惜，說我失去很多機會。天曉得如果當時去了現在會變成怎麼樣，或許賺了大錢？或許富甲一方？或許花園洋房？或許花天酒地也包個二奶？但這已經不是我所要的，闖蕩過後竟只想要一份安定，是超出物質的心靈踏實，雖不願意承認，但可以說是一種心滿意足的「安貧樂道」。

沒有如果！那一切的假設既做了選擇，便不須再費心去想像。有捨棄必然有獲得，想獲得也一定得付出代價。「天下沒有白吃的午餐」，富貴無垠，如何能貪圖盡得？高山的另一端會是深淵，永遠衡量體認自我狀況穩步上山。實際一點叫做「生涯規劃」，四十歲之前做了什麼？五十歲要做什麼？六十歲想怎麼樣生活？「人遵天道，道法自然」，人生像四季若節氣，如歌之行板舞之律動。總不能三十歲做五十歲的事，或五十歲還要做三十歲的事。前者墮落，而後者負荷。反其道、反自然，便不容易安適快樂。

以前的客戶一家小染廠的鄭董，他每天穿著汗衫雨鞋跟著工人穿梭忙碌生產線，感慨五年來沒有他就染不好，其實某種程度得意自豪自己的染色技術。有天他突然想通了，說道：「幹！董事長有個屁用！再不進步，五年後如果我無法衣衫整齊坐在辦公室，馬上把這染廠關掉。要超越才有意義。」鄭董終究想通了，「超越才有意義」，已非賺不賺錢的問題，他不會想每天汗衫雨鞋拚到七十歲，甚至做到死。

世間沒有一樣的人，無一相同的命運際遇；每一個人用自己的方式走人生道路。無所謂正確的決定，只有理性的判斷與合適的選擇。「為生活而工作」與「為工作而生活」，可以是境界的超越，亦可以是想法的提昇。

是啊！「一雙鞋能踢幾條街？一雙腳能換幾次鞋？」走自己的路，畫自己的藍圖，謹慎決定、歡喜承擔，生命原本就是自己下定義。

紅塵路遠

幾年沒有聯絡了，像斷線了的風箏，你卻突然來電希望我幫你介紹染廠工作。

你說去哪一個國家都可以，直誇自己是個全能的染色專家，而且學習語言及適應上沒有問題。因為現在的新老闆與你理念不合，染廠充斥派系算計，拉拉雜雜訴說著你的一切不如意……。

掙扎在生意與情誼之間，這對我而言是很為難的。

算算也都已經六十好幾了，我極力勸你回台灣。我茫然於人的一輩子努力所為何來？生命中有什麼是值得如此追逐的？

你說不行，還不能休息。「人在江湖，身不由己」，有很多苦衷，需要再拚搏個幾年。

其實你的那些狗屁倒灶的前因後果我不想要聽，只感歎那歲月，重新思考著人生。

初次在泰國的 Acrylic 染紗廠認識你，沒有他鄉遇故知的親切，那時你孤傲地叼著煙，對眼前的年輕人推銷台灣染料不屑一顧。你說這裡連用歐洲和日本的染料都染不好，怎麼用台灣染料？不知道有多少送去的資料及樣品被你扔到垃圾桶，我用一次次的真心誠意打動你，而你抱持著懷疑的態度試探我，但多半還是帶著冷漠。你嚴厲地用老經驗談實際，而我則恭敬地根據理論作驗證。慢慢地我們在化驗室及染缸前逐步建立起了情誼，而最後你終究承認緩染劑透過計算可以精準的控制染色結果，也感謝你欣然接受了台灣染料。

後來形勢所逼你離職換到了染布廠，雖一樣是染色，但染棉、染T/C不是你原來的專業。你要我幫你從台灣蒐集資料讓你很快上手，我不知道對你有沒有幫助，但沒多久你又從這個染廠換到另外一個染廠。每次到泰國與你見面，你有著愈來愈多的不平與牢騷，總看著你無奈地長吐一口白煙，感歎「人離鄉賤」。

當年我們都是為了理想而勞碌奔波的逐夢者，儘管有多少的不如意，總是咬著牙相互鼓勵。無論如何，日子還是要過，像布匹在染機中流轉，日復一日，年復一年。

幾年前有一次你回台灣，我到桃園機場去接你。你說兩年多沒回來了，依循著你的指示，我載你回到位於三重的老家。一路上我們話不多，像初見時的陌生。轉過擁塞的馬路，進入了一條兩旁延伸出遮陽篷架才剛收攤的菜市場內的小街，你說到了，指著前方攤位彎著腰的婦人說那是你的太太。我還來不及向她打招呼，只見那位清瘦的婦人轉頭冷冷地看了你一眼，旋即又繼續了她的收拾。

像陷入了條死胡同，糾結眼前的是——愧疚、難堪、一連串錯誤與無止境的辜負。

離鄉三十年，從原本允諾的三五年……。我知道這一切都變了，而且徹徹底底的走樣了……。

你在泰國難耐寂寞有了新歡，意外多了一個女兒，也買了房子。而台灣，金錢永遠無法彌補當年許下的諾言，與那依依不捨時曾經說好的幸福。

當所有的奮鬥變成拋家棄子，一失足成千古恨，老了、病了，如何能回台灣？

你說這花花世界的社會是大染缸，卻忘了自己是個染色專家，誤染了一世的荒唐。

滾滾紅塵古路長，
不知何事走他鄉？
回頭日望家山遠，
滿目空雲帶夕陽。

——明・憨山德清

半百

我似一葉舟　暗潮洶湧中浮沈
無過人之睿智　沒有顯赫的才華
每在風平浪靜　才發覺那牽引的微光
是最迷人的月色

回首　伴隨著感恩的悸動與乍喜的心情
往事如風　而繁華若夢
只是過客　願珍惜眼前這片悲喜交集的好風景

吾心未老　幾番滄桑　天地悠悠乎逝者如斯
此去　年過半百
航程確有水秀　亦不免一番驚濤
迎來渡口的銜接　續未完之羈旅

明德　寫於 Jan.29.2015

人生趕進度

以至誠處世，用全力生活。

這是以前學生時代寫下來勉勵自己的座右銘。昔時有夢，只因為沒有勇氣不敢追逐，所以止於夢想。這像蘇東坡的感慨「世事一場大夢，人生幾度秋涼？」擺脫年少愛作夢的懵懂歲月，直到二十歲念大學時才誠實的面對自己「我擁有什麼？我欠缺什麼？要做怎樣的自己？人生要怎麼樣的追尋？」感覺前途一片晦暗茫然，而世事多變及不同的際遇造化，人生哪裡是如願可以掌握規劃的？

求學、工作、結婚、生子、購屋、創業……各種生活的壓力鋪天蓋地排山倒海而來。

逆境苦難，力求圓融流暢；青春無悔，只是略顯匆忙。

如果人生是一幅畫，生活是畫筆，生命是畫布。不管你想如何佈局，是要恣意瀟灑或嚴正拘謹？要樸素簡單或豐富多彩？要衝突或協調？畫功如何？畫得好不好？……無論如何，我想最重要的是一定要努力去完成它！生命也許難以「功德圓滿」，但期盼能在捨得的過程中「了無遺憾」！

從年輕時的夢想，年老了會變成未竟的志業。

許多事來不及行動，任由時間一點一點的腐蝕，所以壯志未酬，坐待韶光老，萬事成磋跎。

因此，青春有限，生命也極其殘酷現實，夢想有著命運安排的有效期限。餓了才吃，渴了才喝，累了才休息，病了才治療，壞了才保健，老了才養生，錯過了才努力，失去了才珍惜……都遲了。許多事不能等，等到如何再如何，等到怎樣了再怎麼樣，就怕「白了少年頭，空悲切！」Do it now！Sometimes "later" becomes "never".

為了這個未知到期日，所以必須趕進度，生命恰似春夏秋冬四季該有其律動節奏，必須隨著季節調整模式把握當下。很久以前我給自己一甲子，打算六十歲以後叫「餘生」。樂觀看待每一個過程，希望能夠不枉此生，也希望每一天都增進日新，並感到心靈富足、感恩快樂。

愛面子更愛自己

有錢人有兩種：怕人家不知道他有錢及怕人家知道他有錢。一樣財富，兩種襟懷！

窮人也有兩種：羨慕嫉妒人家有錢及假裝自己有錢。兩廂情愫，同等貧賤！

任何人踏入照相館，即使其貌不揚或面目可憎，也希望攝影師能為他拍一張好看的照片。愛面子是一般人普遍的心態，只是「面子」往往也欺騙了自己，過多虛假的外表逐漸模糊了真實面目。許多人顧慮「面子」卻忽略了最重要的「裡子」，外表光鮮而內在虛無，甚至忘了自我的本質與最起碼的踏實。

我們往往不安於世，鮮有滿意知足、難以自在快樂。而人最不容易愛與接納的，往往正是真實的自己，心中嚮往的完美主義，與實際現狀永遠有著一段距離。不喜歡面對，認為的差距瑕疵，某些遺憾缺陷及某部份不順眼，我們有意無意掩飾。較在意眾人的掌聲與稱讚，用空洞的榮耀痲痺自己，甚至我們在卸下面具的同時，會像小偷得手般暗自竊喜。

只是，那短暫的得意不能算是快樂。飄飄然地天馬行空，空蕩蕩的心靈彷彿照妖鏡，終究會還原出最忠實澄淨的自己，沒有紮實感不會真正快樂！

愛自己是一種信念！其實我們一直都有著自知之明，只是不太想確認與篤定。認識自己、面對自己、接受自己、挑戰自己，是成熟的進階，也是人生的課題。所有的喜悅，是因為超越自己；所有的成就，在於盡心盡力。有時候我們恨鐵不成鋼，要不就接受千錘百鍊，要不也可以展現出生而為鐵的終極價值，自然不用因羨慕別人而去貼金鍍銀。如果認定自己是鋼，你的本質是剛毅而非閃亮，要堅信有一天可以成為支撐負荷的棟樑。

偏離了自我，極力粉飾想盡辦法像別人，甚至勉強自己矯揉造作去做不稱意的別人，是一種折磨，也必然痛苦。

無時無刻愛自己，在豔陽下、月光裡，可以深層對話；沒有人比自己更親密，在高山上、大海邊，自己是唯一的「知己」。愛自己，當然也包括自己的不完美，有時候在幽暗的角落、屋內孤獨的一隅，所有承受的歡笑與悲傷都屬於自己。也許我們存在許多缺陷，但也一定有獨特可貴的優點，上天關閉了你一道門也定會再為你開啟一扇窗，這正是生命的奧妙與驚奇。

腳踏實地，展現真誠的自我，坦承的樸實反而有韻味，也多點逍遙自在！人與人之間，惟有真摯坦誠方能永恆長久；任何事，只有實實在在去做過、去體驗，才能經歷豐富、根基穩固。「自己」是生命寫實劇情的主宰，而「面子」則只是那書本的封面。

寧願「實而無華」，可千萬別「華而無實」。愛面子，更要愛自己。

蕃茄醬

我的左腳板有個舊傷疤，那是四十幾年前鄉下賣西藥密醫的盡力，緊急幫我傷口清瘡消炎止血，並且像縫麻布袋般粗糙地縫了五針……。

當時小學剛升上四年級，星期六放學後的一個下午，住家三合院外牆邊堆滿回收剛送來的玻璃空瓶，為賺點錢貼補家用，我在一個一坪多大用水泥砌成的蓄水池裡刷洗空瓶。不料隨手抓起的一個瓶子是裂開的，半個瓶身墜落，尖玻璃不偏不倚地垂直插入腳盤，一時血流如注，連小池子都染了一片紅。

撫著傷疤，昔時景象頓時又浮現了出來……。

二伯衣錦還鄉，這是整個家族的大事。

清楚記得那是在民國六十三年（一九七四）的年初，也就是快要農曆年的年底，喜氣洋洋準備要盛大祭祖，因為二伯在外面賺了大錢，這在一貧如洗的村子裡可稱得上是光宗耀祖。住在前後兩落三合院裡他的堂兄弟及妯娌們忙得不可開交，殺雞宰鵝並製作年糕及紅龜粿。尤其那年村中魚池輪到庄頭的我們「清堀」，小孩子們好奇興奮地聚集在池塘邊看著大人們把池水慢慢抽光，水中肥大的鰱魚和草魚緊張地在水面上掙扎跳躍，最後都被捕抓入一個個竹編的大籃子，再分送到每一戶人家裡。

那年過年是個好年，豐收！

在屋簷用繩子拉上了帆布，幾個圓桌在院子裡張展了開來。酒只要能下肚都是好酒，菜只要端上桌自然是好菜，小孩子則最喜歡黑松汽水，大概也只有這時候可以不受拘束開懷暢飲。而剛剛從池塘抓來的鮮魚，被剁成大塊大塊的裹上粉下鍋油炸，一大漏勺篩子撈起來就是滿滿一盤，香味撲鼻。二伯拿出並打開了一個瓶罐子，在魚肉盤邊甩出酒紅醬汁，大夥沾著吃酸酸甜甜讚不絕口。

二伯拿著瓶子手舉高高說：這是「蕃茄醬」。

看似不起眼的東西有商機，二伯說要靠這醬汁賺大錢，並稱他擁有獨門配方將在家製造生產。只見眾人酒酣耳熱連聲叫好，一陣歡呼！

熱鬧過完年後，二伯找做泥水匠的爸爸將三合院西廂的整片牆連屋頂都拆了，順勢擴充出部份雨遮。重新立了幾根柱子及砌了一個約一般五倍大的大竈，並立了根大煙囪，挑高屋頂後架了鋼製橫樑加上鏈條當作吊臂。進了幾部機器後，老屋子就這樣變成工廠了。

初春，特別挑選了個黃道吉日，二伯的頭銜改成黃董，穿著白襯衫西裝褲還梳了個整齊的油亮頭，準備豐盛的供品親自祭拜，點燃了一串長鞭炮後熱鬧開工。

這一下子也增加了許多工作機會，從進料到出貨每一個環節都忙碌了起來，種田沒有前途，大家都巴望能跟著二伯一起發財，所以沒什麼專業訓練也都很進入狀況。最記得大人們總炫耀他們的力氣有多大，一隻手能抓多重？肩上背上可以扛幾斤？而小孩子則在假日負責刷洗瓶子，要將到處喊著「酒矸通賣嘸」的回收商收回來的成山成堆的瓶子，在小水池浸泡後撕去舊標籤並且用圓刷深入瓶內清洗。待風乾之後，根據瓶身顏色及透明程度作分類。

大夥要在中午前備好料，下午將處理好的一包包材料利用懸吊橫移放入大鼎中，再用水管注水，然後以滑輪控制蓋上大蓋子。此時配合大竈起火完成，放入乾柴燃燒加熱燜煮，期間兩名壯漢不時要拉開蓋子，滿頭大汗地拿著木頭的船槳在熱騰騰的大鼎中來回翻攪，包括煮沸要花很多的工夫，期間還要控制好木柴燃燒的火候，前後約莫三個多鐘頭完成。待一段時間靜置冷卻後，晚上由二伯親自加入獨門調製的配方。

隔天一大早將大鼎的蓋子掀開，令人垂涎紅通通的稠汁，即是美味的蕃茄醬。

再次稍作攪拌均勻後，換裝到一個個木桶，再逐桶倒入漏斗型裝瓶機，利用手壓柄控制筏門將醬汁慢慢導裝入瓶中。然後在瓶口放上套片壓上圓型瓶蓋，由瓶蓋機壓束封口完成。最後在瓶身基準線貼上標籤，由老師傅以細麻繩利落地以十二瓶一綑套綁固定。

標籤以紅色蕃茄為底，上方圓圈裡一隻老虎，中間斗大的字「虎標蕃茄醬」，兩旁印著「註冊商標，仿冒必究」。

蕃茄醬大功告成！

銷路似乎不錯，有時連星期天也要上工，一忙就是好幾個月。除了天氣漸漸變熱蕃茄醬易變酸有一回被整車退貨外，大體上品質管控算是不錯。二伯是做生意的人才，遇到客訴或品質有抱怨，憑藉著口才或將配方稍微調整一下客戶就滿意了。

賺了錢，原本雙腳帶著外八的二伯走路有風，出手也當然闊綽，農曆四月初五日庄廟建醮請客隨便一擺就十幾桌，黃董在外也有人開始改稱他黃阿舍。

一個帶著秋霜的清晨，睡夢中被吵醒，三合院裡外越聚越多的人，好像庄頭庄尾好多長輩都到齊。一大早好像是要興師問罪，個個忿忿難平，面容兇惡。

二伯不見了！連伯母和已成年及念高中的兩兒一女都消失了。

他們說二伯欠錢未還，而剛起不久的互助會恐怕是倒了。因半夜有人看到他們一家子大包小包，行蹤神秘鬼祟，好像被一部小貨車接應逃跑了。

大家議論紛紛，幾個叔伯們試圖安撫，一片混亂！

母親則一臉茫然錯愕掉下了眼淚，因為剛在幾天前二伯說有困難要向她借兩萬元，母親誠實表示家貧僅剩五千，卻還是心軟向外借了一萬五湊足給他。自家兄弟跑路，這錢註定有去無回，兩萬塊可是當時她打零工超過半年的薪水。原本指望未來漸有轉機，不料因為二伯又負債，又回到了水稀飯拌醬油過日子。

約略統計二伯在庄裡欠下的債務加上倒會，至少一百多萬。整個本來一窮二白的庄裡罵聲連連咬牙切齒，生產蕃茄醬的生產器械不是被破壞，就是當廢鐵變賣。大竈及煙囪也不例外，為了洩憤，硬如水泥磚頭也被敲下了幾塊。

雖然整個村庄裡大都是親戚，但家族蒙羞，頭都抬不起來。政府官員受理檢舉過來清查，派出所警察陪同，由鎖匠開鎖打開庫房，把一打打的剩餘的蕃茄醬貼上封條，赫然發現一些調製的化學品與色料，及屋角的一堆大南瓜。

小時候不懂，長大以後才明白。

二伯的蕃茄醬，沒有用到一顆蕃茄。

有消息知道二伯他們躲躲藏藏跑到竹山，而後老了隨兒子落腳台中，多年前病故。

終其一生，再也沒有回故鄉。

明德　Oct.20.2017 寫於 彰化和美

回憶一段美工畢業展

關切是 問，
而有時關切是 不問；
就算是……一 無 消 息，
如沉船後，靜靜的海面，
其實也是，
靜靜地——記 得 ！

~~夐虹

四年匆匆，對我而言一切都那麼馬不停蹄，來不及品味與懊悔，只覺如浪潮翻湧般遞遞走過！就缺了點甚麼，或者說可以留下些甚麼？民國七十六年與光隆、麗文、幸宜、正昌、長媛、大正等幾位畢業生商量，決定辦個美工社畢業生回顧展，為大學四年作個完美的句點。

簽呈才到學校課外活動中心，潘文成主任便找我：「辦個畢業展不需那麼多錢吧？」儘管我苦口婆心，但他硬要把八千刪成三千！經告知辦展規劃及理念後才勉強以五千成交！但五千塊那裡足夠，學校總以為美工社只要把卡片擺一擺就叫展覽了。話說攝影社同時期展覽申請二萬八學校都給了，作品裱褙現場還擺多盆蘭花，極端不公平！

決定要出一口悶氣，訂出時間地點後每三到五天貼出一張精美海報宣傳，（原則上是五天，但有兩張做得太好半夜被偷了，從此學校佈告欄上鎖）以前美工社海報吸引目光，這次的水準是要達到讓路人「駐足讚嘆」，並著手印製邀請函大力宣傳……。

收集了作品，除了畢業生之外，感謝當時的社長顯雲，以及國原、志勇、泉旭、欣信、懷潔、蘭舜、明賢、守仁、孫弘、月曉、家榮、淑雲、雅瓊、玉加、舜銘、玉女、淑琴、雯玲……等（族繁不及備載）大力協助。

我們將圖書館五樓Ｂ室用報紙及海報紙完全遮去窗戶光源，再用許多紙箱與多色彩帶區隔成四個大區塊，分別代表大學四年：「懵懂青澀、羽翼漸豐、孕育熟成、展翅別離」。設計理念只有一個整體、一個作品：現場！

安排好個別作品，配合燈光及音樂的營造，企圖用美的力量洗滌心靈，想讓參觀的每一個人感動！

為了氣氛營造，六月十一日日夜趕工，那天晚上懷潔陪我在圖書館過夜，半夜突然想到什麼還立刻動手，其實是幾乎整晚沒睡！

值得一提的是圖書館B室冷氣壞掉，館方人員說很快來修結果不能來，這簡直晴天霹靂，沒了冷氣我們又把窗戶給封了，這下子沒輒了！只好充作冷氣維修工，查詢整個空調系統，最後發現是頂樓水冷卻系統無法給水，從四樓提幾桶水上頂樓有足夠的水供應，冷氣機就可正常運轉了。但大熱天水分在循環中很快蒸發，約三小時左右就必須再加水以維持運轉，真是可憐又辛苦啊！五天的展覽是守仁、孫弘、玉加……等人用水桶不斷提水才能維持展場的舒適！

話說六月十三日開幕當天，早上「故意」邀請學生課外活動中心潘文成主任及石崑成老師蒞臨，潘主任一看場面前所未見，立刻說一定要邀請廖英鳴校長剪綵。

剪綵？那裡來大紅花綵帶啊？大夥兒正緊張地準備用紅色海報紙勉強湊合湊合，這時我發現兩天前隔壁展覽A室攝影社開幕剪綵過的那條綵帶，不正丟在逃生樓梯轉角大垃圾桶的旁邊，二話不說撿起來用美工技巧接得天衣無縫。校長那裡知道綵帶是二手的，那裡知道這展覽只補助五千塊……？人家攝影社開幕的新綵帶足足花了六千塊錢啊！

為什麼總要很辛苦、很勤儉、很傷腦筋地排除萬難之後才能有好結果，我想這就是歷練吧！社團如此，人生亦如此！唯有苦盡才得甘來！

展覽很順利，人潮很踴躍，但我真正在意的是壓倒性地打敗隔壁同時展覽的攝影社。真的很爽！冷氣也真的透心涼，而且特別有股讓人與奮加幸福的味道！

六月十七日畢業典禮，我的四年大學生活及美工社的畢業回顧展同時結束！

時間到了，縱使萬般不捨，終究得離開！

寫這一段，感謝並懷念曾經陪伴我一起走過的好夥伴！

一個常惦記著美工社的老朋友 明德 上

戴笠的老翁在沙洲
角聲近了
流浪者的滄桑已啟程
我的眼淚沒有阻攔
這不是白蘋渡口
走了一步
相思就長了一尺
八千里的雲 剪了一地的黑髮
鐘聲在七里香之外
太陽卸下所有的等待
平躺在湖面上
一個無夢的夜
自九霄雲外——
急急地哭了起來

春燕

春天不是一隻燕子招來的，燕子確實無力做成春天。但如果那隻燕子得以察覺到春天，絕無坐視不飛來的道理。若所有土地草木都只是等待，而不為春天去準備，那麼春天也許永遠不會來臨。

俄國作家　托爾斯泰（Leo Tolstoy）

這是以前抄寫在書籤背後的名家字句，無意間從舊書堆中翻出，所註記日期距今已三十年。這意味過了三十寒暑，三十個春去春又來……。

三十年後，仍然是個春天，不是那種料想的風和日麗，下了雨，鬱鬱朗朗地亦愁亦喜，有種說不出的雜亂情緒，總之不踏實。春天竟像徬徨的影子，或者應該說，是我面對著春天徬徨心虛了。但不是我料想的春天仍是春天，即使乍暖還寒、陰晴不定，窗台未曾施肥的長壽花還是茂盛地開了，遠方樟樹滿身嫩綠。也許，後知後覺的是我那執迷不悟的心境！

尤其，我們身處全球金融風暴之中，企業突然訂單急凍休無薪假，許多人面臨失業與貧困，連政府也為了刺激經濟而發消費券……。正因為面臨史所未見的經濟寒冬，我們殷切巴望著雪融，期待那景氣春燕。

春天確實不是一隻燕子招來的，只是燕子早一步察覺到春天。重點不在燕子，而在於春天。更或者，關鍵在燕子與春天之外的自處之道。

也許心境該像畫家米勒筆下的「春天」，背景雖幽暗變幻，氣息卻格外寧靜清新，土地生意盎然，而萬物花枝招展！

三月杜鵑開，四月桃花紅；五月木棉道，六月火鳳凰。大自然遵循著既有節奏，人生也該適時調整好其步伐。冬盡了春一定會到來，天理必有循環，只要準備好，春天是生機無限、喜悅滿盈的季節，該是無比信心堅定，該如花朵嫩葉般開懷綻放！

許願

難道　水作的就該飄流
生命的岸邊　我選擇斑斕的雲彩作我的輓
而之前　我在　淒豔的夕陽下幻化自己
在最美好的時刻便打算離去
對一株小草而言
有什麼比開小紅花更能
讓飛鳥凝眸　輕風停駐
也許你是一棵大樹　所以不懂

回家

一種　散步　不小心就　爬上天空
輕輕搖晃　可以下一場小雨

那日與楨急著回台北，夏陽熾熱的午後，偶然在高雄街頭看到公車站牌上這段「夏夏詩」，令人沉思許久，細想這不就是我們此刻的心情寫照。只是詩裡飄飄然的意境，卻一點也瀟灑不起來……。

老丈人急診在高雄住院躺臥病床上已經超過一個月，而爾祥離家去美國賓州也一個多月。遠在台灣的南邊與地球的彼端，分隔的每一尺一寸都牽掛著思念、帶著傷感。卻偏偏我們的一顆心，懸在台北、飄在半空。

原來我們認為可以勇敢面對的，是因為不曾面對。

記得六月底時才回屏東的，同樣是個熾熱午後，分離時祖孫倆深情的擁抱互道珍重，這次要離開好遠，相約等天涼了過年再見面。爾祥說外公變得較沉默寡言，只覺得他也許是獨居久了，一下子過於吵雜不習慣吧。自從八年前丈母娘走後，他早已學會安排生活並妥善照顧自己，直到年初疑似血糖過低半夜昏倒，而這次胃痛急診……。

醫生說老丈人的腫瘤不能動，癌細胞已多處蔓延，所剩的日子不多。七十七歲的年紀，手術台上醫生建議不要賭，這也許正是他的本命天年，所能做的是如何減輕他的痛苦。老人家在醫院裡幾番折騰與禁食，很快意志消沉、骨瘦如柴。生死關前，沒有執著與豁達，不管你勇不勇敢，也無關堅不堅強。

等待本身最殘酷，沒有了希望才最痛苦！即使氣若游絲，他直吵著要回家。

而爾祥從美國捎來訊息：Sometimes things just happened. 想爸媽，想家！掛念阿公，會提早返台。

還記得出發時我們送他到機場，他豪氣干雲形容自己猛龍過江、男兒志在四方。但是再怎麼樣的奔波闖蕩，終究會惦記懷念那個最熟悉最初出發的原點。累了、倦了、天色黑了，都會想回家。

二十歲，正是煙渺夢幻的年紀，應該不是感受凋零。該是去探索每一片樹葉，成長的歷程、飄落的方向……。我們深深期許他能成熟開竅，但也深怕他適應了美國會不會長了翅膀玩瘋了，很欣慰他明白告訴我們：即使落葉也要歸根。

也許每個人的生命都有一段在異鄉異地獨自飄泊的歲月，認路找路，轉換過一個個不同的車站，隨時等著下一班車，也隨時接受要離去。無論成功或失敗、榮耀或落魄，其實心中最企盼的是那份順利歸來的欣喜。

當我們還年輕，總以為青春永無止境，可以揮霍所以浪蕩不拘。可曾想過一旦年華老去，掛在病榻前的點滴會像是生命的宣判，渴望病歷上會出現誤點的時刻表……。而下一站會不會就是終點站？還有沒有明天？這次睡去能不能再醒來？

回家！是不是一種嘶吼吶喊？是不是生命中最原始真誠的期盼？

彼此的牽掛將一家人緊緊相繫，這就是人間至愛吧！體會了「愛」，體會新生與凋零都是自然的一部份，傷感難免但步履不再沉重，或許應該說「盡人事聽天命」吧！我們習慣在出發時相送，也定會在歸來時相迎。

生命就像「夏夏詩」裡頭的小水滴，有人認為是痛苦像煎熬，有人認為是喜樂像旅行。無論飄渺於天空，或墜落如小雨，一切都要接受；離合悲歡，也都隨緣釋然了。

明德 AUG. 07. 2011

那一點微明

先要擦去自己眼角的淚滴，還要培養寬廣的胸懷，濾去那一份苦、那一份怨，然後展露微笑。

往往在試煉的同時，人的輪廓因煎火而通明泛現。世間所有的磨難，是要使人更加堅強。即使是處在黯淡的雲端，也要堅信必然有某處深藏著燦爛。只有在最黑暗的時刻，才看得見星辰。

有位朋友故鄉在高雄美濃，父母親靠辛苦種植香蕉養活一家人。三十幾年前的一個深夜裡，父親發酒瘋似地大聲咆哮，任誰也安撫不了他的壞脾氣。幾個小孩子從睡夢中被吆喝叫了起床，全家人跟著父親到蕉園裡，將整園一串串結實飽滿的香蕉砍下，大夥折騰了一整夜，淚眼看著堆積如山的香蕉被推入了泥坑裡掩埋……。父親哽咽著對自己的小孩說：「香蕉賤價，算做白工了！以後你們幾個誰再種香蕉誰就是沒出息！」一家子悲憤難耐，而東方漸明！五個小孩從此積極爭氣、奮發上進，終不辜負期許，成就了四個博士一個碩士。

那是令人一輩子永難磨滅的記憶，也成為了他走過許多人生關卡的勇氣與信念。也許困苦正如那個疲憊不堪的春日清晨，雖帶霜寒，但已有暖意。

困境中，有人自怨自艾不知所措，有人則會靠著不撓的堅持並憑藉智慧來勇於面對。在絕處中、暗夜裡，生命需要指引，像海上航行我們需要羅盤與燈塔；而有時候沒有確然的指引，或者偏執迷亂，必須以非常的手段及無比的決心──破斧沉舟、大破大立！

在家鄉有一個家境優渥的有錢壞囝仔，從小不讀書逞兇鬥狠組幫派，打架打到每根手指頭都斷過。因過於頑劣不斷滋事，好幾次被警局拘留，無法管教讓父親氣到再也忍無可忍，遂以旅遊的名義帶他出國，並狠心將他丟在日本；父親留下五千日圓，付了半年簡陋旅店房租，要他在日本自己想辦法活下去。從富貴公子到流落異鄉，是重大打擊。他不會日語，不認識任何人，沒有護照……。逐漸，在一個四周人都不認識的國度裡，四處打工、潦倒度日，他開始想念以前的生活，反省自己以前做過的荒唐事。常浮現母親說過了千百次「不要再作壞造孽！千萬要爭一口氣！」的絕望表情……。他流下悔悟的眼淚，「直到什麼都沒有，才知道人生『有什麼』的可貴。」他痛改前非、洗心革面，並為了生存開始勤學日文，日文字典整本翻到爛。住處沒有澡間，公用澡堂裡全是刺龍紋鳳的角頭，黑道大哥看他頗具膽識，拿錢想吸收他，但他不為所動。幾番折磨及刻苦勤學，後來考上日本東海大學，剛好那年他的母親卻因血癌過世，傷心之餘他在母親的祭文寫著：「妳生的不是一個不會回頭的憨子，妳生的是一個浪子；從今天起，我絕對會替妳在所有親戚朋友面前爭一口氣！」所謂「浪子回頭金不換」、「皇天不負苦心人」，現在的他已成為相當成功的知名連鎖超市的老闆！姑且不論他父親從前的痛苦決定是對是錯？若沒有大徹大悟，則現在他如不是客死異鄉，極有可能是關在監獄的囚犯。

生命的美，在於起伏；生命的驚奇，在轉彎處！

有些人很小就立下了志向，明確知道自己以後要做什麼；有些人則徬徨糊塗，即使機會來了也不知把握，渾渾噩噩永遠搞不清楚自己在幹什麼？到底怎麼一回事？有些人則因為因緣際會，及時領悟到方向，於迷霧中逐漸清晰出自我，像靈光乍現，俗稱叫「開竅」。

當然每個人有著不同的機運造化，生命中我們感受它的驚奇，參悟其玄機！這像牛頓（Newton）看到蘋果落下而發現了力學定律，像阿基米德（Archimedes）在浴缸洗澡時突然領悟了浮力原理。百般困惑中，我們摸索探討它的啟示，也尋找它的一點靈犀！

另一則傳奇，是不輕易向命運低頭的故事。一位窮困的農家子弟，國小畢業後就當起修機車的「黑手」，雖刻苦努力漸有所成，但深覺自己應突破超越而不願僅止於如此。一次偶然的機會跟隨總公司到日本旅遊參訪，無意間感興趣於當時日本流行的機車把手針織套與神奇的黏扣帶（以前俗稱「魔鬼氈」）。很難想像當大家走馬看花欣賞風景，他卻從中產生了興趣，並嗅出市場商機。返國後在修車之餘，開始著手鑽研針織技術及黏扣帶。由於本身學歷不高只有小學畢業，必須加倍努力閱覽相關的群書，並實際去摸索編織機械與探討瞭解不同的材質，在辛勤投入許多心力及幾番波折之後，終於研發出黏扣帶的獨特專利生產技術，並從中衍生出相關系列的產品。從修機車的「黑手」搖身一變，成為目前最具國際競爭力的黏扣帶專業生產廠商。現在，他已是股票上市公司的老闆，生產事業從台灣擴展到大陸與越南，產品銷遍世界各地。

幾乎所有成功的背後都深藏著動人的故事，雖然模式各不相同，但其共有的特點是「不畏艱難」及「永不放棄」。失敗與挫折是最好的學習！西諺云：「有了屋頂，你將失去繁星」，也許沒有磨難的人生，才正是另一種磨難!?所謂「天生我材必有用！」只是重點在於：我們有沒有慎思覺醒？有沒有往深層挖掘？有沒有努力去自我實現？

欲尋柳暗花明之桃源，端看如何面對山窮水盡。生命中的純然快意，常不是順風揚帆、水到渠成，而往往是在於逆境堅忍、絕處逢生。不是所有的困難都可以走過，不是所有的努力都會有好結果；面臨抉擇需要智慧，在無助時刻則需要勇氣。幽暗中，我們期待一絲光亮，儘管那只是燈火闌珊、一點微明。

泰戈爾（Tagore）曾說過：「我把自己的影子投射在我的路上，因為我有一盞還沒點亮的明燈。」是啊！面對晦暗陰影，每個人都有屬於自己的一盞燈，只是關鍵在於——我們有沒有把它點亮？

亂

不要以為自己代表正義、自己一定是對的。
好壞不容易分辨，是非有時候很模糊。
有人譁眾取寵，有人千山獨行。
當民主成為共業，當前進成為糾纏拉扯。
我們永遠只在理想的路上，沒有理想國。

台灣何去何從？

矢志不移

人們不講道理，不合邏輯，而且專制自私，還是要愛他們。
你做好事，別人就罵你別有用心，不管怎樣，還是要做好事。
你成功，遭致假友真敵，不管怎樣，還是要成功。
誠懇坦白，易受別人欺負，不管怎樣，還是要誠懇坦白。
堅持公道正義，還是被誤解造謠陷害，
不管怎樣，還是要堅持公道正義。
今天做的善事，明天就被人遺忘，不管怎樣，還是要行善。
胸懷大志的人偉大，會被心胸狹窄的人絆倒，
不管怎樣，還是要胸懷大志。
世人同情失敗者，而只追隨勝利者，
不管怎樣，還是要為失敗者挺身而出。
經營多年的事業，可能毀於一旦，
不管如何，還是要經營。
盡你所能為社會服務，竟被社會反咬一口，
不管如何，還是要為社會服務。

得失之間

很多人的志願是娶個有錢的老婆，冀望可以減少奮鬥二十年；
時下許多女孩子花枝招展，夢想著的是——嫁入豪門！
這不是童話故事，王子與公主從此過著幸福快樂的日子，
卻通常事與願違，往往因此毀了一生。
寄托與依附，很容易葬送了自我價值。
有時候自以為獲得的，其實是反而失去了更多！
曾經我們夢寐以求，歷經艱辛、九死一生，喜嘗成果得來不易；
有時候我們鍥而不捨、孜孜矻矻，問心無愧但雖敗猶榮。
刻骨銘心的感受，同甘共苦的歷程，歡欣收穫的喜悅……
得與失，追求的不就是那份踏實，那一層意義！
先祖父生前敗光田產致家徒四壁，後代子孫便沒什麼好爭的，
堅苦卓絕、自食其力，反倒懂得忠孝傳家、並讀書上進！
富甲一方的後代，或恃寵而驕坐吃山空，或兄弟不和爭權奪利！
兄弟分家產，爭著要靠馬路的土地，外公忍讓分得內陸土地，

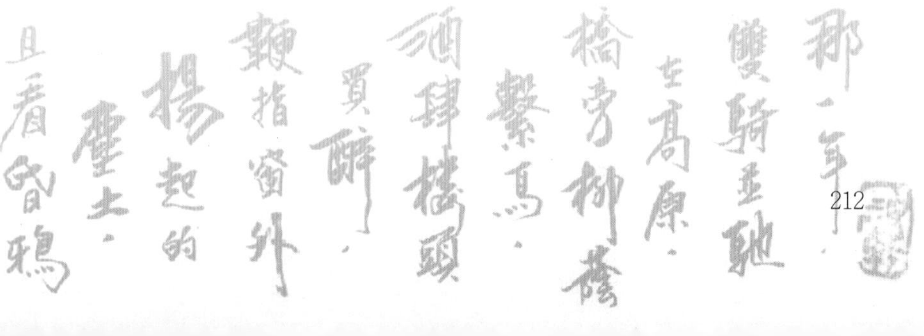
那一年
雙騎並馳
在高原
橋旁柳蔭
繫馬
酒肆樓頭
買醉
鞭指窗外
揚起的塵土
且看昏鴉

出入得看人臉色，若干年後一條大又直的規劃道路開過。
正所謂：「十年河東，十年河西。」
落魄窮民朱元璋農民起義，血汗打出了大明江山當了皇帝，
多疑和恐懼，為鞏固自己的帝位大舉殺戮，
他幾乎殺絕了開國元勳和拜把兄弟。
掌握了天下的同時，不免感到了一份皇權的孤獨。
有朋友為了賺得更多的金錢，長年遠赴異國他鄉，
不知道賠上的婚姻、親子、甚或青春，當真抵得過那汲汲的富貴？
或許沒有答案？或許無法定論？
有失才有得，有得必有失。鐘鼎山林，人各有志！

夢幼幻長，虛是無；海潮月昇，漲是高。
一枝一脈，淵流本即根，
播播種種，生生死死。
畫圈是個圓，頭尾是個點，
一念之差，得失之間！

祭泰山岳老

慈容此日依然在，願力何年得再來？
清香一柱謝親恩，圓滿三覺歸蓮台。

金盞花才開，孤挺花謝了。

阿爸您離開我們了，去到另外一個世界。沒有病痛，不再埋怨，您走的很平靜安祥。

民國一百年十月廿八日下午，屏東天色迷濛還下了一點小雨，由您女兒素雲與素楨一路陪著您回家。我自己則在車裡大哭一場，感覺緣起緣滅人生無常。既希望您不要離開，卻又不忍您日漸虛弱地躺在病床上受折磨，希望您早日離苦得樂。阿爸，不要再去在意人生的浮沉變化，從您決心放棄化療的那一刻，我們知道您已將一切放下。只是，阿爸，您知道嗎？沒有您的日子感覺無助。您這一走，您的一男三女便就成無父無母了。

阿爸，您知道嗎？您的一生非常起伏精彩。從日據時代到國民政府，年輕時曾走船到中南美像您描述的巴拿馬、波多黎各。您曾意氣風發，也曾苦難落魄。話雖不多但幽默風趣有時富涵哲理，個性儉樸隨遇而安，連大廳牆上的〈陋室銘〉嚴重發霉了我想重寫一幅您也不要，您說這樣老人破屋符合實際，您喜歡裡頭的詞句，常說「談笑有鴻儒，往來無白丁」。村裡少有人像您一樣，閱讀書報並且勤練毛筆。

阿爸，您知道嗎？我們非常感念您維護這個家，尤其是對丈母娘罹癌過世之前那五年的關愛付出，而這一晃眼又快十年了。所有子女感受您的徹底改變，雖然您少年放蕩，總算是浪子回頭。晚年您積極參與老人會社區服務，帶隊掃地、到廟裡幫忙寫毛筆，有空唱唱日本老歌，雖自嘲獨居老人但生活還算愜意。我們只能電話嘘寒問暖，久久才能從台北回屏東探望，請原諒無法常常回來陪伴您。

阿爸，您知道嗎？我們住高樹的「加納埔」現在叫「泰山」，而「泰山」正是「岳父」之意。阿爸，您知道嗎？我很驕傲娶您女兒可以做您的女婿。聽說您以前很兇，板起面容令人不寒而慄，我初次與楨回泰山與您見面後，私下形容像怒目的達摩，但您對我極好，也未曾看您惡言斥責過，孫子形容您面惡心善，他們說每次離開泰山時，與阿公的擁抱可以見到那份慈祥的淚光。

阿爸，您有看到嗎？您的子女與內外孫在您身邊，有許多親朋好友都特地來為您送行。阿爸您很好命，您的子女雖然各在高雄、彰化、台北，但他們常保聯絡手足情深，大家都有各自的事業與工作，而您的內外孫都有大學以上的學歷，您值得寬慰不用掛心。

阿爸，您有看到嗎？家裡場面這麼熱鬧，只是我不敢去想像，這老房子一旦沒了您就空蕩蕩了，以後就只剩下懷念與回憶，以後看到這房子就會想到您。不過您放心我們還會常回來，這是故鄉也是個根，我們會惦記這個地方，會永遠思念阿爸與阿母。

阿爸，您有看到嗎？您的面前有擺滿了您最喜歡的花，連後院您種的花也都盛開了。漂亮嗎？希望您會喜歡。

阿爸，請您放心隨佛祖去吧！您去的地方沒有煩惱，是個四處花開的極樂仙境。

阿爸，您一路好走。

阿爸，女婿明德在此向岳父大人叩首拜別。

明德 NOV. 01. 2011

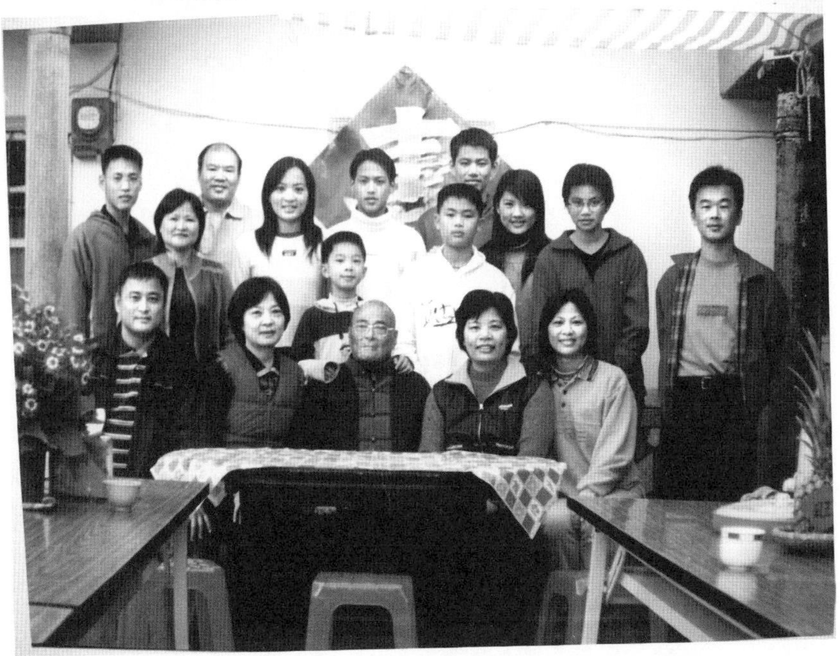

春衫薄
誇年少
初出柳絮
不醉了
自逍遙
秋風涼
始華韶
劇幕一場
怎知道

歲在戊戌年夏 浪軒

登峰造極

歲月的流轉，像肆意揮灑的墨色。

昔時夢想、少年盼望，早已漸行漸遠。

完美，也許永遠杳不可得……，

既不可得，所以鍥而不捨。

寫字

字可練，人可修；人如字，字如其人。

為人如寫字，心正則筆正，心亂則筆亂，心意傳筆意，心跡映筆跡。反之，從寫字可以看出個性，所以練字是修養，也蘊含書寫者的思想及情感，一個人所寫的字是隨著自我歷經生命的洗練一直在修正的。寫字是心相的回應，成熟或青澀、豁達或拘謹，一筆一畫都是當下的心境。

小時候不懂，父母親常告誡不識字的無奈與痛苦，所以寫字是使命、是責任。從琢磨中明白了許多道理後，寫字對於我而言則是領悟，也是藝術！除了視覺與意象的傳達，性情的陶冶，也是個人階段的體驗及進化，既然文字有生命，我想賦予它靈魂！

記得小學老師上國語課在黑板上教生字，總帶領著全班舉起手練寫筆序，每每羨慕老師寫了一手好字。殊不知後來才知道筆序是寫好字最重要的基礎，筆序用在寫書法稱作筆順。在不同的字體可能筆順稍有不同，而事實證明筆不順就一定寫不好，尤其用毛筆書寫時最為明顯。

當然，寫字也是要經歷苦難的，而且有時是災難！

一開始用鉛筆寫字，放學後通常會搬一張籐面的木椅充當桌子在家屋簷下寫功課。小時候頑皮總是邊寫邊玩，喜歡用超級小刀將鉛筆削尖，當鉛筆短到手握不住了會將它接到玉兔牌的筆桿上物盡其用。媽媽雖然不識字，但是對孩子寫字這回事很嚴格，凡鉛筆不小心寫出墊板戳破紙張或字跡潦草都會被責罵。有次我哭著讓母親把我寫好的作業連三頁用橡皮擦擦掉，原因是媽媽認為格子方方正正，寫的字不該把腳伸出格子外。

很高興小學三年級後可以用原子筆，只是寫錯字只好用口水抹，或者乾脆塗成一團。有次塗太多字了被母親看到，直接被整頁撕掉，還要向剛好就租屋住對面的老師告狀，下場真是悽慘。還記得那時也開始上書法課，連後來的作文也要用毛筆書寫，墨汁的一發不可收拾讓我覺得很可怕，總是戰戰兢兢臨深履薄，作業最好不要讓母親看到為妙。這讓我清楚知道寫字不能馬虎，想清楚了再下筆。

五年級結束的那個夏天，暑假作業裡有一項是寫一本書法字帖。我拖到快開學了才緊張得雞飛狗跳連忙趕工，利用小聰明發現把紙張覆在字帖範本上面描繪又快又不出錯，好奇的是其實所寫的毛筆字看起來也蠻美的。回想起來，這就是文字的結構，即使一筆一劃、一點一捺沒那麼到位，但是放的位置對了，寫的字大致上就美觀了。

國中時其實也不怎麼樣，但好像當了好幾個學期的學藝股長，要記錄教學日誌，要佈置教室，還要參加海報設計比賽。印象最深刻的是國二時幫同學謝錫輝的全校模範生競選，那時除了拉票之外可以在司令台後方張貼大字報，但無論怎麼寫怎麼貼，當全校在操場朝會時往樓上方看過去總顯渺小。最後決定一張全開海報一個大字，用粗宋體字範本切割成十六等分在海報紙上等比放大，果然在朝會時舉目一望非常搶眼無人能敵，謝錫輝也順利以全校最高票當選。三個字打稿描繪雖花了不少時間，我也從中體會：字的優美與否，在均衡與布局。

國三時（一九八〇年）的那個過年前夕，母親覺得我讀那麼多年的書應該很厲害了，買了紅紙要我寫春聯，我一時楞住了！硬著頭皮描畫了一整個下午，越看越丟臉，尤其對比對面老師所寫的。除夕前貼上去，大年初一下午就偷偷撕下來，還騙媽媽說風大被吹走了。

高中參與校刊「彰中青年」的編輯，人手不足我還要兼作美編。仔細運用到各式印刷字體，凡明體、黑體、圓體、仿宋體、古印體、綜藝體、楷書、隸書、行書、魏碑……等多所涉獵，也發現各式字體加粗或變細、立體或反白都可以變化出不同的視覺效果，當然或多或少影響了讀者不同的感受。而某些道理利用來設計海報、製作標語其實很實用的，我獲益良多！

高二又鼓起勇氣寫春聯，感覺結構上有明顯的進步，那一年有貼到大年初五。高三雖少寫字，但自己覺得字跡又穩健了點。春聯除了自己貼，母親還要我多寫一份給鄰居，害我出門看到都覺得不好意思！

大學生活多采多姿，我同時加入書法社、美工社及文化服務隊。在書法社臨帖整整一個學期，我還不時問學長：「就這樣一直寫一直練嗎？一帖接過一帖？」受不了枯燥乏味，去文化服務隊熱鬧好玩多了。而參與美工社的時間最少，卻莫名其妙因為畫了一張校慶的海報被拱上了社長。

一頭栽進美工的世界，為了上台講課，鑽研許多美術設計與廣告創意的書籍，我體會每個字的造型其實都有生命，或者該說傳遞釋放出某些情感，只要能掌握某些訊息，就能讓字型鮮活起來，契合並達到所需要的視覺效果。我從俏皮活潑的美工字練起，凡用針筆、簽字筆、扁筆到水彩筆，後再將毛筆書寫注入了美工字的元素……。

其實，不管一字或一句、一段或一篇、字型散亂錯置或幻化為線條，能夠讓人感受藝術感覺舒適耐看的訣竅在於「平衡」，非點線面體的平均而是視覺的平衡，因為平衡才能呈現悠然美感及獨特的味道。

大二的寒假鼓起勇氣在和美鎮的街頭賣藝揮毫寫春聯，但是很漏氣，人潮一圍過來我的手就抖了。經過不斷的自我心理建設：「就算張大千親臨、漸翁王壯為在眼前也不能懼怕。」第二天情況就好多了，只是沒經驗墨汁乾得很慢，隔年換蠟光紙用油性奇異補充液寫來流暢自然，算是小有收穫。

記得我在文化服務隊是永遠的海報組，負責文宣、佈置及晚會舞臺設計。在彰化芳苑廟前的第一次舞台設計，舞台以汽油桶架上杉木現搭，要彩排又要佈景，我們大筆快刀與時間賽跑；也曾在高雄甲仙小林村寫春聯送村民，想到民眾排隊拿到春聯後曬著太陽等它乾……，八八風災後我再看小林村照片都會掉眼淚。記得美工社在校慶園遊會上卡片熱賣，從小紙片寫到軟木塞板；還有我用毛筆寫出十三種不同字體的

「隨緣」，並體會每一個的心情與感受。難忘在學校育樂館幾次的大型舞台設計，帶領著大家群策群力挑戰，用繩索拉吊上的每個主題字都至少是六片厚保麗龍板的組合，充滿了成就感。還幫校外藝品店寫字，在粗麻布袋上用特殊顏料寫上俏皮的毛筆字，有時一個晚上可寫五十個包包或抱枕，賺的錢已足夠我的生活費。另外在畢業論文的發表上同學們用的是幻燈片，我利用海報紙廣告顏料成卷書寫，連評審老師都覺得驚豔。

當兵下部隊到埔里被派去寫簡報，遇到本身是書法高手的楊旅長，認為我的字太露鋒芒。原來軍中的用字要講紀律，所以要「藏鋒」，這下沒得混！楊旅長對我有更高的期望，每天要交一張在全開報紙上劃滿六公分方格的書法練習，每次經由傳令拿回總見滿是紅色眉批，真讓人挫折沮喪，不過這也確實讓我更加精進。楊旅長高升後換成年輕曾留美的梁旅長，我怎麼寫他都滿意，從此日子就好過多了。除了書寫各式簡報及作戰計畫，還曾指派到師部去寫教案，也曾巡迴埔里連寫五天春聯作為軍愛民的活動。

退伍後我心血來潮去參加廣告公司的招考，竟然打敗了一堆商業廣告設計科班的畢業生，我錄取了！他們考的是 POP 字體運用，正是我的專長。

人說：「能者多勞」，但其實也是「勞者多能」，苦難及壓力最容易讓人成長。「學而不思則罔，思而不學則殆。」以前大學時代最常在校內的學思園辦活動，在學與思之間參透。由於密集且大量的接觸各種字體，我歸納出一些心得：不管任何剛硬的字體，想要美觀，筆畫內部都存在著圓融運轉。所以，字體是「外方內圓」，做人則是「外圓內方」。再回頭去回想書法，道理就通了，有更深刻的領悟。那「逆鋒起筆」、「收筆回鋒」，那一點一捺以及任何轉折之間的運筆，都為了實現文字內在的圓融。

文字的美就在轉折，而人生何嘗不是如此？毛筆可謂是最佳表現書寫的工具，但唯一的缺點是不收尾就開岔難以為繼，所以應用運筆巧妙化解，將缺陷順勢轉變成優點，恰似轉逆境為最佳風景，也恰似陡峭山徑總是在最險的轉折處最美。

寫字其實沒那麼多駭人的學問，始於用筆、基於結構、成於章法、美於氣韻。我個人認為：「書法者，書寫之法也。」字只要能創造出生命美感，就是藝術！現在的學生已經沒書法課不寫毛筆了，我覺得很可惜，願謹以自身經驗分享！即便現代科技發達大家已經習慣用電腦打字，但只要提起筆，我用意念寫字！

寄情筆墨持以恆，順勢行雲自然成，
微枝細節是幸福，恢宏大度眞人生。

~明德 Jun.26.2018~

感恩惜福

年幼家窮，剛上小學時沒鞋穿，赤足走在佈滿碎石的柏油路面，冬天扎腳，夏天跳腳。後來有鞋子穿格外珍惜，感覺真是幸福。

上了國中必須到大約五公里遠的鎮上求學，最討厭冬天的強勁北風，每天騎腳踏車逆著風回家都像在搏鬥。也埋怨上天不公平，而上學該是順風的，每次天剛亮的清晨卻是無風無息，偶爾還罩著薄霧，真氣人。不過還是必須要感謝，因為生命中激發出的許多想法與做法，往往也就是因為逆境與苦難。

現在不好的時候，不要去想以前好的時候；
現在好的時候，一定要去想以前不好的時候。

曾經初至台北窮到吃碗滷肉飯捨不得叫貢丸湯，也曾經揮霍到半夜續攤吃過一盤六千元的炒空心菜。滷肉飯與空心菜基本上沒什麼差別，有的只是自我的心境！

知足惜福是一種境界，決定我們處世的態度。陰錯陽差從商做了生意，但我不是生意人。即使偏離了原本的理想與道路，但不忘初衷。

還記得當年逢甲附近有家茶館牆上一段話：

詩情放，劍氣豪，英雄不把窮通較；
江中斬蛟，雲間射鵰，
他得志，笑閒人；他失腳，閒人笑！

生命就是一場盡力的演出，努力活出精彩，在捨與不捨，在愛與被愛。如果不能成為高山上的蒼松，那就做山谷中的百合花，但是一定要做最美麗的百合花；假使不能成為康莊大道，那麼就做一條羊腸小徑。成就不在事業大小，無關功名與富貴，而在於盡心盡力去做！

感謝生命中出現的貴人，感謝在每一個晦暗的時刻，都有人為我點燈。

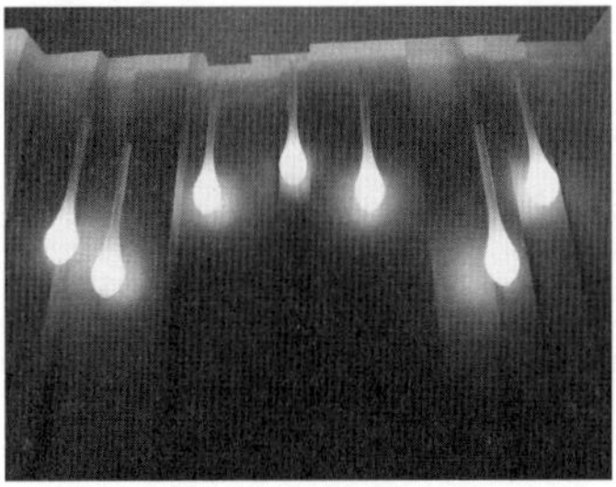

國家圖書館出版品預行編目資料

下雨何必帶傘/明德不新
-- 初版-- 臺北市：博客思出版事業網：2018.11
面；　公分
ISBN：978-986-96710-1-9(平裝)

855　　　107013749

現代文學 7

下雨何必帶傘

作　　者：明德不新
編　　輯：楊容容
美　　編：楊容容
封面設計：塗宇樵
出 版 者：博客思出版事業網
發　　行：博客思出版事業網
地　　址：台北市中正區重慶南路1段121號8樓之14
電　　話：(02)2331-1675或(02)2331-1691
傳　　真：(02)2382-6225
E—MAIL：books5w@gmail.com或books5w@yahoo.com.tw
網路書店：http://bookstv.com.tw/　http://store.pchome.com.tw/yesbooks/
三民書局、博客來網路書店 http://www.books.com.tw
總 經 銷：聯合發行股份有限公司
電　　話：(02) 2917-8022　傳 真：(02) 2915-7212
劃撥戶名：蘭臺出版社　帳號：18995335
香港代理：香港聯合零售有限公司
地　　址：香港新界大蒲汀麗路36號中華商務印刷大樓
C&C Building, 36,Ting, Lai, Road, Tai,Po, New,Territories
電　　話：(852)2150-2100　傳真：(852)2356-0735
經　　銷：廈門外圖集團有限公司
地　　址：廈門市湖里區悅華路8號4樓
電　　話：86-592-2230177　傳 真：86-592-5365089
出版日期：2018年 11月 初版
定　　價：新臺幣 300 元整（平裝）
ISBN：978-986-96710-1-9